쌍룡기

장담 신무협 장편소설
ORIENTAL FANTASY STORY & ADVENTURE
⑧

쌍룡기 8
폭풍전야(暴風前夜)

초판 1쇄 인쇄 / 2010년 8월 9일
초판 1쇄 발행 / 2010년 8월 19일

지은이 / 장담

발행인 / 오영배
편집장 / 김경인
편집 / 윤대호, 신동철
펴낸 곳 / (주)삼양출판사 · 드림북스

주소 / 서울특별시 강북구 송천동 322-10호
대표 전화 / 02-980-2112 팩스 / 02-983-0660
편집부 전화 / 02-980-2116 팩스 / 02-983-8201
블로그 / blog.naver.com/dreambookss

등록번호 / 제9-00046호
등록일자 / 1999년 3월 11일

ⓒ 장담, 2010

값 8,000원

(주)삼양출판사 · 드림북스의 서면 허락 없이는 어떠한
형태나 수단으로도 이 책의 내용을 이용하지 못합니다.

ISBN 978-89-542-3933-2 04810
ISBN 978-89-542-3679-9 (세트)

* 지은이와 협의하에 인지는 생략합니다.
* 잘못된 책은 구입한 곳에서 바꾸어 드립니다.

목차

제1장	혼돈의 시기, 한 팔을 얻다	007
제2장	찾아오는 사람들	037
제3장	잠룡이 일어서니 바람이 불고	067
제4장	사도관은 진령을 넘고…….	103
제5장	숙명(宿命)의 만남	133
제6장	혼돈의 피바람은 불기 시작하고	161
제7장	서천에서 밀려든 혈풍이 사천을 뒤덮다	181
제8장	잠룡, 둥지를 떠나 남쪽으로	217
제9장	자소단의 대가	251
제10장	추적(追跡), 그리고 그날 밤 운양장에서는……	285

제1장

혼돈의 시기, 한팔을 얻다

1.

장확이 다가오고 사도무영이 비키라 한다.

긴장된 침묵이 사방에서 밀려들며 어깨를 만근 무게로 짓누른다.

돌이키기에는 이미 늦은 상황. 말로써 해결될 상황이 아니다. 방법은 하나뿐.

이를 악문 사공청은 장확을 주시한 채 옆으로 서너 걸음 비켜섰다.

이제 천마궁과의 연합이 물거품이 된다 해도 어쩔 수 없었다.

가는 데까지 가보는 수밖에!

'그래, 이 자리서 죽더라도 자존심은 지키고 죽자.'

그가 비켜서자 사도무영이 앞으로 나섰다.

장확은 사도무영과 이 장 정도의 거리를 두고 멈춰 섰다.

사도무영의 키는 장확보다 한 뼘 정도 컸다. 허리는 장확이 두 배쯤 굵었지만.

멈춰선 장확은 눈을 가늘게 뜨고 입꼬리를 말아 올렸다.

"훗, 도를 쓰는군. 잘됐어."

"나중에도 그렇게 말할 수 있었으면 좋겠군요."

"걱정 마라. 네놈의 머리를 밟고서 더 멋진 말을 해줄 테니까."

"글쎄요. 당신에게 그럴 만한 실력이 있을지……."

"죽일 놈!"

장확이 오른발을 뻗으며 도병을 움켜쥐었다.

딸랑.

방울소리가 나는가 싶더니, 한 줄기 번개가 사도무영의 목을 향해 뻗어나갔다.

딸깍.

사도무영은 엄지손가락으로 수라도를 밀어내며, 벼락처럼 밀려드는 도세 속으로 한 걸음 내딛었다.

한 줄기 번개가 허공을 가른 순간!

쩡!

귀청을 먹먹하게 만드는 단발의 충돌음이 전각 내부를 흔들었다. 기둥이 사시나무처럼 떨리고, 금방이라도 무너질 것처럼 천장에서 먼지가 우수수 떨어졌다.

　장확은 튀어나올 것처럼 눈을 크게 뜨고 뒤로 물러났다.

　사도무영이 그를 따라가며 다시 도를 휘둘렀다.

　장확이 황급히 도를 들어 사도무영의 공세를 막았다.

　쩌정!

　장확의 몸이 더욱 빠르게 밀려났다.

　초식의 정교함에 밀린 것이 아니었다. 순전히 힘에 밀린 것이었다. 그렇기에 장확은 더 어이가 없고 미칠 것 같았다.

　패도적인 도법으로 유명한 그가 힘에서 밀리다니!

　"이, 이런 개……!"

　하지만 그는 욕설을 퍼부을 시간도 없이 도를 들어 사도무영의 공세를 막아야만 했다.

　쾅!

　마침내 세 번째 충돌이 일어나고, 장확이 본래 그가 앉아 있던 곳까지 밀렸다.

　그 와중에 의자 서너 개가 도세의 여력을 견디지 못하고 부서졌다.

　찰나였다. 장확 옆에 앉아 있던 중년인 하나가 바닥을 박차고는, 사도무영을 향해 날아들며 쌍장을 번갈아 휘둘렀다.

　사도무영은 미끄러지듯이 뒤로 다섯 자 물러서며 좌장을 들어 상대의 공세를 막았다.

　퍼벅!

둔중한 소리가 울리더니 날아들던 자가 다시 본래의 자리로 되돌아갔다.

하지만 그는 수백 근이나 나가는 탁자를 두 자 가까이 밀어낸 후에야 겨우 멈춰 설 수 있었다.

"이 개자식을……!"

얼굴이 벌게진 그는 다시 사도무영을 공격하려 했다.

그러나 그가 공격하기 전에 싸늘한 목소리가 그를 붙잡았다.

"멈춰라, 금 호법."

목소리의 주인은 조금 전 장확에게 말을 걸었던 초로인이었다.

중년인은 그의 말을 어기지 못하고 이만 갈았다.

"총호법, 저놈을 그냥 보내실 생각이십니까?"

"저자는 그대들이 상대할 수 있는 자가 아니다."

총호법이라 불린 자는 간단하게 중년인의 말을 눌러놓고 사도무영을 바라보았다.

그냥 한 말이 아니었다. 사도무영의 실체를 잠시나마 엿본 그는 지금 손바닥에 땀이 나고 있었다.

지금까지 그를 이토록 긴장시킨 사람은 천하에서 오직 한 사람밖에 없었다.

천마궁주 철혈신마.

한데 눈앞에 있는 새파란 젊은 놈이 그를 긴장시키고 있는 것이다.

"철마보의 무사라고 우기지 마라. 그 정도 보는 눈은 있으니까."

사도무영은 총호법이라는 자를 응시했다.

그는 다른 자와 달랐다. 조금 전, 상대의 힘이 얼마나 강한지 알기 위해서 은밀하게 힘을 흘려보냈는데, 이 자리에서 유일하게 그걸 느낀 사람이었다.

구천신교의 각 종파 종주들보다 강한 자.

잠시 그를 바라보던 사도무영은 어깨를 으쓱하며 대답했다.

"저는 철마보의 무사라고 한 적이 없습니다만?"

"그럼 왜 이곳에 온 거지?"

"철혈신마가 강하다고 해서 한 번 붙어보려고 왔지요."

천마궁의 간부들은 어이없다는 표정으로 사도무영을 바라보았다.

저거 미친놈 아냐? 그런 표정으로.

심지어 총호법이라는 자도 잠시 말을 못했다. 하지만 그는 곧 정신을 차리고 다시 물었다.

"정말 그런 이유로 온 것인가?"

"그게 아니면 내가 뭐 하러 여기까지 왔겠습니까?"

의심이 끼어들 틈조차 없는 확고한 대답.

총호법, 백궁명은 사도무영에게서 티끌만한 흠이라도 찾으려는 듯 한시도 눈을 떼지 않고 말했다.

"궁주께서 나오시려면 며칠 걸린다. 그때까지 기다리겠느냐?"

"안타깝게도 그럴 시간이 없을 것 같군요. 일단 오늘은 그냥 가고, 나중에 시간이 나면 다시 오지요."

"본궁에 몸담을 생각이 없느냐? 만약 응낙한다면 일인지하 만인지상의 자리를 약속하지. 어떠냐?"

옆에 있던 간부들이 대경한 표정으로 백궁명을 쳐다보았다.

백궁명은 호법전의 총호법으로, 태상장로와 함께 현재 천마궁의 이인자라 할 수 있는 사람이었다.

그렇다면 적어도 자신과 같은 자리를 내주겠다는 말이 아니고 무엇이겠는가.

"그러한 자리는 궁주의 허락이 없으면 안 될 텐데요?"

"나는 본궁의 총호법인 백궁명이라고 한다. 정 안 되겠으면 내 자리라도 내주지."

사도무영은 이채를 발하며 백궁명을 직시했다.

총호법이라는 자가 자신의 자리를 내준다는 말을 서슴없이 한다. 생각마저도 보통 사람과 확실히 다른 자였다.

그러나 사도무영은 천마궁 이인자의 자리도 달갑지 않았다.

"천천히 생각해 보고, 나중에 만나면 대답하지요."

"응낙한다면 너에게 막대한 부와 명예가 주어질 것이다."

"돈은 저도 쓸 만큼 있습니다. 명예야 별 욕심도 없고요."

"거기다 천하의 미녀들을 얻게 해주마."

사도무영이 단호하게 말했다.

"남자에게 사랑하는 여자는 딱 한 사람만 있으면 됩니다."

그에겐 조화설 하나면 충분했다.

적소연이 붙어있는 것도 골치 아픈데, 누구 피 말릴 일 있나?

사도무영이 지나칠 정도로 강하게 거부하자, 백궁명의 미간이 꿈틀거렸다.

그는 더 이상 제의하지 않았다.

부와 명예, 미녀까지 거절하다니.

백궁명의 두 눈 깊은 곳에서 서릿발 같은 한광이 번뜩였다.

끌어들일 수 없는 자라면 차라리 없애는 게 낫다. 언제 적이 될지 모르니까.

문제는, 제거하기가 쉽지 않아 보인다는 것이다.

자칫 제거하려다 실패하면 강력한 적을 하나 만드는 꼴이 될 터. 확신이 서지 않는 이상 함부로 손을 쓸 수도 없었다.

그때 백궁명의 두 눈 깊은 곳에서 기광이 반짝였다.

'우리를 백마동에서 끌어낸 궁주님이라면 이자의 마음을 움직일 수 있을지도……'

결국 제거하는 것을 포기한 백궁명은 사도무영에게 물었다.

"그럼 언제 찾아오겠나? 설마 남자가 약속을 어기지는 않겠지?"

"언제 올지 정확한 날짜를 말할 수는 없습니다만, 약속은 꼭 지키죠."

"올해 안으로 올 수 있겠지?"

"일을 다 보고 나면 그럴지도……. 그럼 이만 가보겠습니다."

사도무영은 기약할 수 없는 약속을 하고 몸을 돌렸다.

등 뒤에서 살기가 밀려들었다. 그러나 자신의 능력을 알아본 자가 있는 이상 공격하도록 놔두지는 않을 것이었다.

"사공 형, 그만 갑시다."

장확과 금치량은 사도무영의 뒤를 치고 싶은 걸 혀를 깨물며 참았다.

사도무영과 사공청 일행이 밖으로 나가자, 장확이 불만스런 목소리로 백궁명에게 물었다.

"위험한 놈인데, 왜 그냥 보내시는 겁니까?"

반 정도는 잔뜩 궁금한 표정으로 백궁명을 바라보고, 나머지 반은 끓어오르는 투기를 누르고 사도무영이 나간 문만 쳐다보았다.

그들은 백궁명의 말을 믿었다. 백마동을 맡은 지난 십여 년, 그는 한 번도 허언을 한 적이 없었으니까.

그때 백궁명이 자리에서 일어나며 말했다.

"저자를 죽이려면 우리들 중 반은 죽음을 각오해야 할 것이다. 한데 정작 문제는, 저자를 죽이지 못했을 때야……."

영천검문을 나선 사도무영의 표정은 백궁명과 대화를 나눌 때와 달리 심각하게 굳어 있었다.

천마궁도들이 몰려있는 곳을 나왔으면, 굳었던 얼굴도 펴져야 정상이 아닌가.

이상하게 생각한 사공청이 넌지시 물었다.

"사도 형, 마음에 걸리는 일이라도 있소?"

"천마궁이 생각했던 것보다 훨씬 더 강하군요."

영천각에 있던 자들은 천마궁의 간부들 중 일부일 뿐이다. 그럼에도 하나하나가 초절정의 경지에 이르거나 그에 근접한 고수들이었다.

특히 백궁명은 절대의 경지에 다가선 자로, 사도무영조차 천마궁주 아래에 그런 고수가 있을 줄은 예상치 못한 터였다.

'철혈신마를 만나지 못한 게 아쉽군. 그를 만나봤으면 천마궁에 대해서 좀 더 많은 것을 알 수 있었을 텐데.'

아쉽지만 하는 수 없었다.

강호는 하루가 다르게 격변하고 있거늘, 기약도 없는 시간을 그곳에서 보낼 수는 없는 일이 아닌가.

만나야 할 일이 있다면 나중에 다시 찾아오면 될 일.

사도무영은 그나마 백궁명을 만난 것을 다행으로 생각했다. 더구나 철혈신마가 구천신교와의 연합을 거부했다는 것도 알았으니, 막연하게 온 것치고는 괜찮은 소득이었다.

"용검회도 장안을 지키려면 적잖은 피를 흘려야 할 것 같군요."

사공청은 사도무영의 말에 무거운 표정을 지었다.

"솔직히 말해서, 나 역시 그 정도일 줄은 생각도 못했소. 후우, 아버님이 실망할 것 같아 걱정이오."

"너무 걱정하지 마시오. 적어도 그들이 철마보를 건들 일은 없을 테니까."

"그들이 문제가 아니오."

"사혈문이나 정천맹이 문제라면 그것도 걱정할 것 없소."

사공청이 고개를 돌려 사도무영의 옆모습을 바라보았다.

"그리고 보니…… 제안할 것이 있다 하셨는데, 말씀해 보시오."

호유건과 철마팔혼검 세 사람도 눈빛을 반짝였다.

사도무영은 입을 닫은 채 몇 걸음을 더 걸었다. 그리고 사공청의 애간장이 타들어갈 때쯤 걸음을 우뚝 멈추더니 입을 열었다.

"나와 손을 잡읍시다."

제안치고는 너무 간단했다.

머리 떼고 꼬리 떼고, 무조건 손을 잡자니. 그것도 철마보를 상대로!

한데도 사공청은 가슴이 뛰었다.

눈앞에 있는 자는 그런 제안을 할 자격이 충분한 자였다. 아무런 세력도 없는 혈혈단신이라 해도.

"자세히 말해 보시오."

사공청의 목소리가 가늘게 떨려나왔다.

사도무영이 천천히 고개를 돌리고 말했다.

"복잡하게 생각할 것 없습니다. 사혈문과 정천맹 쪽은 내가 처리할 거요. 그 대신, 그 일이 마무리되면 철마보도 나를 도와주시오."

먼저 주고 나중에 받겠다는 뜻.

문제는 받겠다는 것이 어느 정도까지냐 하는 것이었다.

사공청은 잠시 생각하고는 조심스럽게 물었다.

"염치없는 말이지만, 사도 형이 하고자 하는 일을 먼저 알면 안 되겠소?"

사도무영이 씩, 차갑게 웃으며 대답했다.

"구천신교를 무너뜨릴 생각이오."

2.

구천신교의 움직임은 봄기운이 돌면서 점점 빨라졌다.

그들은 마령곡을 움직여서 제갈세가와 양양 이북을 제외한 호북의 중남부를 거의 다 차지했다.

수월산장도 그들에게 무너지고, 벽검산장도 행동반경이 벽수산 일대로 제한된 상황. 이제 제갈세가와 무당만 무너지면 호북이 그들의 손아귀에 넘어가고 하남마저 위협받는 형국이었다.

자신이 생긴 그들은 마교진을 나왔다. 그리고 남장의 도원장에 본진을 차린 후 본격적인 정천맹 공략에 나설 채비를 갖췄다.

그 소식이 들리자마자, 정천맹도 제갈세가에 임시총단을 차리기로 하고 급히 전력을 모았다.

문제는 정천맹 중심세력의 칠 할이 뭉쳐 있는 사천과 하남, 섬서에서 인원을 모으기가 쉽지 않다는 점이었다.

사천은 삼월보가 구천신교의 지원을 받아 마도의 무사들을 흡수하면서, 낙산장을 중심으로 한 사천의 정파연합과 첨예하게 대립하고 있는 상황이었다. 하남은 마종문과 귀마궁과 혈곡이 동서에서 호시탐탐 기회를 엿보는 판국이었고.

거기다 섬서의 화산과 종남은 천마궁 때문에 꼼짝도 못했다.

정천맹은 결국 강호의 중소문파에까지 사람을 보내 무사들을 규합하고, 은거에 들어간 원로고수들을 불러내기로 했다.

그렇게 삼월이 무르익으면서 구천신교와 정천맹의 긴장감은 최고조에 달했다.

일촉즉발!

지난 백 년 동안 한 번도 없었던 정사간의 전쟁이 코앞에 닥친 상황. 훈풍이 불어야 할 봄에 한풍이 불고, 강호의 모든 눈이 호북으로 쏠렸다.

북궁마야는 정천맹의 움직임에 대한 보고를 받고 차가운 미소를 흘렸다.

"후후후후, 놈들이 다급해졌군."

북궁조가 미소를 지으며 말했다.

"제갈세가가 무너지면 무당까지 위험해지니 저들로서도 더 이상 물러설 수가 없다는 생각일 겁니다."

"현재까지 제갈세가에 모인 전력은 얼마나 되느냐?"

"정천맹 전력의 육 할 정도 됩니다."

"정천단 구성은?"

"일부만이 참가했을 뿐입니다. 본교의 지휘를 받는 마도 오파가 지속적으로 구대문파와 오대세가를 괴롭히고 있으니, 정천단이 완성되려면 시간이 조금 걸릴 것입니다."

"대정천에 대한 것은 아직 정보가 없느냐?"

"현천일호조차 듣지 못했다 합니다. 그래도 혹시 모르는 일, 그들의 존재에 대해선 계속 확인하라 했습니다."

현천일호는 정천맹에 잠입해 있는 구천신교 간세들을 지휘하는 자였다. 그는 정천맹의 요직에 있는 자인만큼, 그가 모를 정도라면 그들이 존재할 가능성이 절반 이하라 봐야 했다.

북궁조는 북궁마야의 질문이 멈춘 틈을 타 마음속에 걸려 있던 이야기를 꺼냈다.

"그런데 아버님, 천마궁은 어찌하실 생각이십니까?"

북궁마야의 표정이 처음으로 구겨졌다.

당연히 쌍수를 들고 환영할 거라 생각했다. 그런데 그 빌어먹을 놈들이 자신들의 연합제의를 두 번이나 묵살해버렸다.

분노가 치밀었다. 당장 달려가서 그들이 무엇을 잘못했는지 머리를 짓밟아 알려주고 싶었다.

하지만 그들을 치죄하기에는 시기가 좋지 않았다. 더구나 그들의 힘은 예상했던 것보다 훨씬 강했다. 섣불리 그들을 혼내려다가는 자칫 자충수를 두는 일이 벌어질 수도 있었다.

"괘씸하긴 하지만, 그들로 인해 장안의 용검회와 종남, 화산이 움직이지 못하고 있으니 일단은 그냥 놔둬라. 정천맹을 무너뜨린 다음에 놈들의 죄를 물을 것이니라."

"알겠습니다, 아버님."

북궁마야는 치밀었던 분노를 가라앉히고, 자신의 앞에 앉아 있는 구천신교 각 종파의 종주들과 간부들을 둘러보았다.

"예상대로 놈들이 제갈세가에 모였다. 이제 본격적인 대업을 시작할 때가 되었음이니, 모두들 최선을 다해주기 바라노라!"

"예, 대교주!"

"현천의 세상을 위하여!"

"명을 내리소서! 놈들의 피로 한수를 붉게 물들이겠습니다!"

북궁마야는 좌중이 조용해질 때까지 기다렸다. 그리고 다시 장내가 쥐 죽은 듯이 조용해지자, 북궁조에게 말했다.

"벽검산장 사람들도 그들과 함께 있겠지?"

"예, 아버님."

"좋아, 그럼 두 번째 계획을 시작한다. 강호에 소문을 뿌려라."

3.

―용검회가 구천신교의 일파를 몰살시켰다고 하더군!
―정천맹은 그걸 아는 상태에서 용검회와 손을 잡았다고 하네!
―정천맹의 오호단이 구천신교의 일파를 공격한 적이 있는데, 어쩌면 정천맹도 용검회와 공범일지 모른다고 하던데?
―구천신교가 자신들의 일파를 몰살시킨 용검회를 정천맹에 내놓으라고 했는데, 정천맹은 일언지하에 거절했다고 하더군.

삽시간에 호북 전체에 소문이 퍼졌다.

알만 한 사람은 아는 이야기였다. 하지만 일반 사람들은 모르고 있던 사실이었다.

사실 정천맹이 용검회에 등을 돌리지 않은 것은 당연한 일이었다. 구천신교는 마도의 배후로 지목되는 곳이 아닌가. 정천맹이 용검회를 포기한다는 것은 말도 안 되는 일이었다.

그래서 문제였다.

구천신교에게 정천맹을 공격할 수 있는 명분이 생긴 것이다.
아니나 다를까, 소문이 호북을 휩쓸 무렵 정천맹의 맹주 앞으로 한 장의 서신을 전해졌다.

　정천맹은 닷새 안으로 용검회와 결별하라! 그렇지 않으면 그대들도 공범으로 생각하고 공격하겠다!

"흥! 개망나니 같은 놈들! 그럼 언제는 적이 아니었나? 새삼스럽게 웬 개소리야!"
"정말 교활한 놈들이군! 철저히 명분부터 만들고 움직이다니!"
명분이라는 게 사실 쓸모없는 것일 수도 있었다. 지금 같은 경우도 그렇게 보일 수 있었다. 그러나 작금의 구천신교에게 명분이 있고 없음은 천양지차였다.
명분이 없으면 탐욕으로 정천맹과 싸우는 것이 되지만, 명분이 있으면 옳은 일을 위해 싸우는 것이 된다.
한마디로, 그들에게는 강호 마도를 결집할 수 있는 기반이 되는 반면, 정천맹으로선 적극적으로 구천신교를 칠 수 없는 상황이 되는 것이다.
정천맹 사람들이 우려하는 것은 바로 그 점이었다.
"차라리 우리가 먼저 저놈들을 치는 게 어떻겠소이까?"
정천맹의 장로들이 웅성거리며 분노를 쏟아냈다.

청무진인은 말없이 장로와 간부들의 이야기에 귀를 기울였다.

그들의 말에서 어떤 영감을 얻자는 것이 아니었다. 장로와 간부들의 마음을 알아놓으면, 차후 대책을 세울 때 적절하게 조절할 수 있기 때문이었다.

그 말인 즉 그만큼 의견일치를 보기가 어렵다는 말이기도 했다. 청무진인은 그것이 답답했다.

'저들은 일사불란하게 움직이거늘, 우리는 아직 정천단도 제대로 조직하지 못했다. 후우, 어렵군, 어려워. 결국 대정천의 출현을 기대하는 수밖에 없는가?'

청무진인의 눈 깊은 곳에서 신광이 번뜩였다.

구천신교가 정천맹을 전격적으로 노리고 있는 이상 다른 방법이 없었다.

그는 고개를 돌려 제갈현종를 바라보았다.

"군사, 은선암에 연락을 해야 할 것 같네."

제갈현종의 고요하던 눈빛이 흔들렸다.

"알겠습니다, 맹주."

"제갈 단주가 이탈한 이상 직접 연락하는 수밖에."

"솔직히 말씀드려서, 이 상황이 되도록 왜 움직이지 않는지, 그걸 모르겠습니다."

청무진인이 씁쓸한 표정을 지으며 말했다.

"거기에는 나름의 이유가 있네. 하지만 이런 상황이라면 그들도 더 이상 지켜보고만 있을 수는 없을 게야. 즉시 연락하도록 하게."

"예, 맹주."

4.

철마보는 섬서와 호북의 접경지인 공산자락에 위치해 있었다.

영섬을 떠난 사도무영 일행은 치료차 한음에 머물고 있던 철마팔혼검 세 사람과 합류한 후 곧장 공산으로 향했다.

그리고 봄바람이 불어오던 삼월 초, 마침내 철마보의 정문 앞에 도착했다.

"다녀오셨습니까, 대공자!"

정문을 지키던 철마보의 무사들이 사공청을 보고 절도 있게 고개를 숙였다.

"수고가 많소."

사공청은 건성으로 인사를 받고 장원 안으로 들어갔다.

안으로 들어가자 오가는 무사들이 보였다.

평소와 다름없는 모습. 비록 긴장감이 느껴지긴 하지만, 그래도 짐작했던 것보다는 평온한 표정들이었다.

사혈문이 공격했을지 모른다 생각했거늘, 늦지는 않은 듯했다.

'후우, 다행이군.'
사공청은 안도하며 사도무영을 바라보았다.
"따라오시오, 사도 형. 아버님을 만납시다."

철마보는 모두 스물두 채의 크고 작은 건물로 이루어져 있었다.
정문에서 연무장까지 이어진 대로를 지나 왼쪽으로 꺾어지자, 기다란 회랑으로 연결된 건물군이 보였다.
사공청은 그중 한가운데 있는 삼층 건물로 향했다.
철검전(鐵劍殿).
그곳이 바로 중원팔마 중 한 사람인 철검마군(鐵劍魔君) 사공강의 집무실이었다.
사공청이 다가가자, 철검전 앞에 서 있던 두 명의 호위무사가 고개를 숙였다.
"대공자를 뵙습니다."
사공청은 고개를 끄덕이고는, 전각 안을 향해 말했다.
"아버님, 소자 청이옵니다."
"들어오너라."
이미 사공청이 복귀했다는 걸 알고 있는지 별 동요가 없는 목소리였다.
사공청은 사도무영을 돌아다보았다.
"들어가시죠, 사도 형."

사공강은 자리에서 일어나 뒷짐을 진 채 서 있었다.

탄탄한 몸에 떡 벌어진 어깨. 굵은 눈썹과 부리부리한 눈. 사공청보다 더하면 더했지 절대 못하지 않은 강인한 인상이었다.

사도무영은 그의 외모만 보고도 그의 성격을 짐작할 수 있을 것 같았다.

'부전자전이군. 소문대로 보통 성격이 아니겠는데?'

그 사이 사공강 앞에선 사공청이 고개를 숙이며 복귀인사를 했다.

"다녀왔습니다, 아버님."

"수고했다."

사공강은 한마디로 사공청의 수고를 치하하고 사도무영을 향해 고개를 돌렸다.

사공청이 사도무영을 소개했다.

"이번 길에 많은 도움을 주신 사도 형입니다."

사도무영은 담담한 표정으로 포권을 취했다.

"사도무영이라 합니다."

"나는 사공강이라 하네. 내 아들에게 도움을 주었다니 고맙군."

사공강은 거만하지도, 그렇다고 해서 가볍지도 않은 표정으로 고마움을 표하고 사공청을 바라보았다.

사공청에게 들을 이야기가 많았다. 한데 사도무영이 함께 들어도 되는 사이인지 의문이었다. 사공청이 이곳까지 데려왔을 때는 그만한 이유가 있겠지만.

그는 숨기지 않고 솔직하게 자신의 마음을 드러냈다.

"여기 이 사람이 우리들의 이야기를 들어도 괜찮겠느냐?"

"함께 천마궁의 임시총단에 다녀왔습니다. 그리고 사도 형이 아니었다면, 그곳에 가지도 못했을 겁니다. 저희가 안강을 지나는데……."

사공청은 사혈문에게 공격을 받았을 때와 석천지부에서 연살쌍마에게 면박당하고 쫓겨날 때, 정천맹의 공격을 받았을 때 사도무영이 어떤 도움을 주었는지 간략하게 이야기해주었다.

단, 영천검문에서 벌어진 일은 나중으로 미루었다. 어차피 그 이야기를 하려면 사도무영의 제안에 대한 것까지 해야 하니까.

사공강은 경악과 분노를 드러내며 눈에 힘을 주었다.

"으음, 그놈들이 감히……!"

"해서 저는 사도 형을 외인으로 생각하지 않기로 했습니다."

"은혜를 입었다면 당연히 갚아야 하는 법. 네 결정이 옳다."

'그 인간들보다 낫군.'

사도무영은 문득 우경도장과 남궁성이 떠올랐다.

그때 사공강이 사도무영을 향해 포권을 취했다.

"내 아들과 수하들을 구해주었다니, 은혜를 잊지 않겠네."

"별 말씀을. 그들이 먼저 저를 건드려서 나선 것뿐이니, 그 일에 대해선 부담 갖지 않으셔도 됩니다."

사공강은 마주 포권을 취하는 사도무영을 보며 이채를 반짝였다.

아들인 사공청도 약한 실력이 아니었다. 약하기는커녕 이미 이 년 전에 절정에 이른 고수였다. 거기다 철마팔혼검까지 함께 있었다.

한데 그들조차 상대하기 힘든 적을 사도무영이 물리쳤다고 한다. 그렇다면 어느 정도의 고수란 말인가?

'나보다 아래는 아니라는 말인데……. 정말 믿을 수가 없군. 대체 어느 문파의 제자인데, 저 나이에 그리 강하단 말인가?'

좌우간 그건 두고 보면 알 일.

그는 사도무영에게 의자 하나를 가리켰다.

"자, 자리에 앉지."

사공청은 차로 입을 적신 후에야 천마궁의 임시총단에서 벌어진 상황을 말해주었다.

철혈신마가 없어서 만나지 못했다는 것, 그들이 비웃는 바람에 약간의 다툼이 있었다는 것 등등.

와중에 유마 복진과 패령도 장확의 이름이 나오자 사공강의 두 눈이 홉떠졌다.

그 두 사람은 자신과 비교해도 반 수밖에 차이가 나지 않는 절정고수들이 아닌가 말이다.

"복진과 장확이 천마궁의 장로라고?"

연살쌍마의 첫째인 곽지홍이 일개 지부장이라는 것만 해도 놀랍거늘, 복진과 장확마저 천마궁에 있다니.

대체 얼마나 많은 고수가 천마궁에 모여 있단 말인가.

그뿐이 아니었다. 사도무영이라는 청년이 장확과 또 다른 자를 혼자서 물리쳤다지 않는가. 대체 얼마나 강해서!

한데 사공청이 씁쓸한 표정으로 사공강의 어깨에 묵직한 쇳덩이를 하나 더 얹었다.

"그렇습니다, 아버님. 문제는…… 그들조차 고개를 숙이는 자가 천마궁주의 아래에 있다는 점입니다. 총호법이라는데, 얼마나 강한지조차 저로선 판단을 할 수가……."

사공강의 얼굴이 돌덩이처럼 굳어졌다.

천마궁.

짐작하고 있던 것보다 훨씬 강한 자들이었다. 그들이 철마보를 가소롭게 생각하는 것이 이해 될 정도로.

"으음……."

묵직한 한숨이 절로 나왔다. 하지만 그들이 아무리 강해도, 무릎 꿇고 그들 밑으로 기어들어갈 마음은 추호도 없었다.

그래서 걱정이었다.

현 상황에서 철마보 단독으로 얼마나 버틸 수 있을까?

그때 사공청이 조심스럽게 입을 열었다.

"한데 아버님, 사도 형이 저희에게 한 가지 제안을 했습니다."

사공청은 차분한 목소리로 사도무영의 말을 그대로 옮겼다.

사공강은 사공청의 말을 듣고 사도무영을 뚫어지게 바라보았다.

사혈문을 책임지겠다는 것도, 종남과 화산을 막겠다는 것도, 사도무영의 최종 목적에 비하면 아무것도 아니었다.

구천신교를 무너뜨리겠다니!

어이가 없어야 마땅했다. 아무리 강하다 해도 말이 안 되는 이야기였다.

그런데 그 말을 듣고 왜 가슴이 뛴단 말인가.

그는 자신도 모르게 불쑥 물었다.

"정말…… 구천신교를 무너뜨릴 생각인가?"

"못할 것은 또 뭐 있습니까?"

"그들은 천하 무림을 상대하려는 자들이네. 정천맹조차 그들로 인해서 전전긍긍하고 있지 않은가?"

"저는 정천맹과 다릅니다. 그리고 구천신교에 대해선 제가 그들보다 더 많이 알지요. 정천맹의 움직임을 적절하게 이용하면, 그들을 무너뜨리는 것도 불가능한 것은 아닙니다."

"그래도 그렇지, 자네 혼자 어떻게 그들을 무너뜨린단 말인가?"

"뭘 잘못 아셨군요. 저 혼자서 어떻게 구천신교를 무너뜨린단 말입니까?"

'제가 미쳤습니까?' 사도무영은 그런 눈으로 사공강을 쳐다보았다.

"그럼 다른 세력이라도 있단 말인가?"

"철마보가 저와 손을 잡는다면, 첫 번째 세력이 될 겁니다."

말이 되는 것 같기도 하고, 아닌 것 같기도 하고…….

사공강은 묘한 표정을 지으며 되물었다.

"그럼 자네와 우리만 있는 건가?"

"제가 아는 사람들을 불러들일 겁니다. 제법 쓸 만하거든요."

"얼마나 되는가?"

"이십 명쯤 됩니다."

어이가 없었다. 이백 명도 아니고 이십 명?

하긴 그들이 모두 사도무영만큼 강하다면 말이 안 될 것도 없지.

"강한가 보군."

"그들 중 넷은 정천맹의 장로들 정도 되지요."

사공강의 얼굴에 실망감이 떠올랐다.

"그들만으로 가능하겠나?"

"당연히 그들만으로는 불가능하지요."

너무 대답이 쉽게 나오니 화도 나지 않는다.

"그럼 또 누가 있나?"

없다.

그 말을 하면 정말 화를 내겠지?

사도무영은 담담한 어조로 말을 돌렸다.

"가능할 때까지 세력을 키워야지요. 설마 하루아침에 그들을 무너뜨릴 수 있을 거라고 생각하시는 것은 아니겠지요?"

'당연하지. 나는 내 주제를 모르는 사람이 아니네.'

사공강은 강렬한 눈빛으로 사도무영을 쏘아보았다. 제대로 대답하지 않으면 당장 쫓아낼 것처럼.

"세력을 키울 방법에 대해서 생각해 본 것이 있을 것 같네만."

"어렵지 않습니다. 구천신교와 적이 될 수 있는 사람들을 모으면 되지 않겠습니까? 물론 첫 번째는 마음이 맞는 사람이어야 하겠지요."

정말 쉬웠다. 말대로만 된다면.

하지만 사공강은 그것이 얼마나 어려운 일인지 잘 알고 있었다.

"생각하고 있는 사람들이 있나?"

"사실 그것 때문에 천마궁에 갔었지요. 철혈신마가 괜찮은 사람 같으면 끌어들여 보려고 말입니다. 결국 얼굴도 못 보고 나왔습니다만. 뭐 그래도 소득이 없었던 것은 아닙니다."

철혈신마를 끌어들여? 그가 네 말을 순순히 듣는다던?

사공강은 한마디 해주고 싶었지만, 꾹 참고 계속 물어보았다.

"어떤 소득을 얻었단 말인가?"

사도무영의 입가에 차갑게 느껴지는 미소가 매달렸다.

"구천신교에서 보낸 사자를 발로 차버렸다고 하더군요. 사실 그걸 생각하면 사공 형도 그들이 철마보를 박대했다고 실망할 건 없지요."

"그게 사실인가?"

사공청이 곽지홍의 말을 떠올리고 고개를 끄덕였다.

"저도 들었습니다, 아버님."

"으음……."

역시 자신의 생각대로 천마궁이 구천신교와 손을 잡지 않았다. 그것만은 다행이었다. 아직 천마궁과 협상할 여지가 남았다는 말이니까.

"그들이 구천신교와 손을 잡지 않았다고 해서 자네의 뜻대로 움직여 주겠나?"

"당장은 거부할 가능성이 크지요. 그러나 그들이 구천신교와 손을 잡지 않았다는 말은, 언제든 구천신교의 적이 될 수도 있다는 말이 아니겠습니까? 철혈신마가 멍청하지 않은 자라면, 제 의견을 곱씹어 볼 것입니다."

곱씹다가 끝날지도 모르지.

사공강은 그 말을 목구멍에 밀어 넣고 현실적인 쪽으로 이야기를 돌렸다.

"그러니까, 지금은 자네와 자네를 따르는 이십 명, 그리고 우리밖에 없다는 말이군."

"첫발을 디디면서 그 정도면 훌륭하지 않습니까? 저는 그렇게 생각합니다만."

나쁜 것은 아니다. 상대가 구천신교라서 문제지.

사공강은 숨을 들이쉬었다.

앞에 구천신교를 무너뜨리겠다는 미친놈이 있다. 아무리 봐도 제정신이 아닌 것 같았다.

그런데 미친놈치고는 너무나 태연했다.

'사혈문만 무너져도 뭔가 해볼 수 있을 것 같은데……'

어차피 자신들이 구천신교의 주력을 상대할 이유는 없다. 정천맹이 있으니까. 사도무영도 그러한 상황을 이용하려는 것 같고.

'일부를 책임지는 것 정도라면 못할 것도 없지. 한 번 해봐?'

이러나저러나 어차피 어렵기는 마찬가지였다.

활활 타오르다 꺼지는 한이 있더라도 후회되지는 않을 것 같았다.

후회 없는 삶. 야망을 불태우며 살아가는 삶.

그거야말로 자신이 바라던 바가 아닌가!

그는 심장이 터지기 전에, 뜨겁게 달아오른 마음을 입 밖으로 토해냈다.

"좋아! 한 번 해보세!"

제2장

찾아오는 사람들

1.

사도무영은 만소개와 연락이 될 때까지 철마보에 머물렀다.

한데 나흘째 되던 날이었다. 사도무영이 후원에서 눈을 반쯤 감은 채 아수라구도식의 새로운 흐름을 연구하고 있는데 사공청이 찾아왔다.

"사도……."

사공청은 사도무영을 부르다 말고 석상처럼 몸이 굳었다.

사도무영은 아무 움직임도 없이 가만히 서 있는데, 비스듬히 사선으로 뻗은 도가 그를 향해 달려드는 느낌이 든 것이다.

그것도 삼 장의 거리를 격한 채!

숨이 턱 막히는 충격에 석상처럼 굳었던 사공청은 사도무영이 도를 내린 후에야 숨을 내쉬었다.

"후우……."

사도무영이 수라도를 도집에 집어넣고 그에게 물었다.

"무슨 일이오?"

"정문에 누가 찾아왔소."

철마보로 자신을 찾아올 사람이 누가 있을까.

만소개, 아니면 장막심과 양류한을 비롯한 수라곡 사람들뿐이었다.

사도무영은 누가 왔든 반가웠다.

'모두 함께 왔으면 더 좋을 텐데.'

그는 단순히 그렇게 생각하고 정문으로 갔다. 하지만 정문이 가까워질수록 그의 두 눈에 의아한 빛이 떠올랐다.

정문 앞에는 옷을 뒤집어 입고 머리를 풀어헤친 채 검을 등에 맨 낭인이 돌아서 있었다. 뒤집어 입은 옷이 허름했지만, 만소개도 아니고, 개방의 제자도 아니었다.

'누구지?'

사도무영은 의아하게 생각하며 정문을 나갔다.

돌아서 있던 자가 천천히 몸을 돌렸다. 머리카락이 얼굴을 가리고 턱은 거친 수염으로 가득했다.

하지만 사도무영은 잠깐 사이 상대의 정체를 눈치채고 눈을 크게 떴다.

"제갈…… 단주?"

"제대로 찾아왔군. 오랜만이네."

사도무영은 놀란 표정을 감추지 못했다.

제갈신운이 은혜를 저버렸다며, 머리를 자르고 정천맹을 떠났다는 말을 듣긴 했다. 하지만 설마하니 이렇게까지 변했을 줄은 상상도 하지 못한 터였다.

"그렇게 부담 가지실 필요까지는 없었는데……."

"이미 죽은 목숨인데, 외관이 무슨 상관있나."

"그래도 제가 미안하잖습니까."

"미안한 건 나지 자네가 아니네. 자네 마음이 풀어질 수 있다면, 팔 하나쯤 기꺼이 내던질 수 있지."

제갈신운이 검을 잡아가자, 사도무영이 급히 손을 저었다.

"에에에! 그런 생각일랑 아예 하지 마십시오."

제갈신운의 머리카락 사이로 보이는 입술에 희미한 미소가 떠올랐다.

"죽었다는 소문이 돌아도 믿지 않았지. 단명할 상이 아니었거든. 그런데 아니나 다를까, 죽기는커녕 오히려 더 강해져서 나타났군. 자넨 정말 불가사의한 존재야."

"제가 살아 있어서 불만입니까?"

"그건 아니네. 자네가 죽었으면 나도 죽었을지 모르니까."

담담하면서도 나직이 울리는 목소리.

사도무영은 갑자기 가슴이 울컥했다.

"누가 그런 말하면 감동할 줄 압니까? 여기서 이러지 말고 일단 안으로 들어가시죠."

제갈신운이 빙그레 웃었다. 그리고 철마보의 현판을 올려다보더니 담담히 말했다.

"전에는 구천신교, 저번엔 천마궁, 이번엔 철마보, 자넨 정말 재미있는 사람이야. 마도의 사람도 아니면서 천하 마도를 전전하다니."

"제가 천마궁에 간 것은 어떻게 아셨습니까?"

"천마궁이나 구경해볼까 해서 석천으로 가는데, 시신 몇 구가 널브러져 있더군. 거기서 놀라운 도법을 발견했지. 망설이다가 결국 안강으로 되돌아가서 개방분타를 찾아갔다네. 그리고 육지개를 닦달해서, 혹시 최근에 오간 자들 중 수상한 자가 없냐고 물어보았지. 특히 칼을 사용하는 자로."

"그가 내 모습을 알려주었나 보군요. 말하지 말라고 은자까지 주었는데……."

"젊은 나이, 큰 키, 그 칼과 잘생긴 그 얼굴 형태를 말하는데, 꼭 화선지에 초상을 그린 것처럼 자네가 떠오르더군."

잘생겨도 문제군.

사도무영은 어깨를 으쓱하고 돌아섰다.

"좌우간 들어가지요."

"용서해주게."

제갈신운이 사도무영의 등에 대고 말했다.

무거운 목소리. 뒤이어 뭔가를 짐작케 하는 소음마저 들렸다.

사도무영은 휙 고개를 돌렸다.

제갈신운이 무릎을 꿇고 있었다.

사도무영은 급히 제갈신운을 향해 손을 뻗었다.

제갈신운은 천천히 몸을 일으키며 경악한 표정을 지었다.

그가 일어나는 것은 그의 뜻이 아니었다. 사도무영이 진기로 그를 일으킨 것이다.

"자네…… 정말……."

믿을 수 없는 일을 당한 사람처럼 제갈신운이 말을 더듬었다.

사도무영은 씽긋 웃으며 담담히 말했다.

"저는 괜찮다니까요."

제갈신운은 그제야 정신을 차리고 고개를 내둘렀다. 그리고 사도무영을 뚫어지게 바라보더니, 한숨을 내쉬었다.

"후우, 이거야 원……."

사도무영을 찾기 위해 돌아다니는 동안 많은 것을 보고 느꼈다. 그동안 어깨에 지고 있던 것을 던지고 나니 모든 것이 더 깊게 보였다.

그러던 어느 날, 그토록 단단하던 벽에 금이 가기 시작했다. 자신이 그렇게 깨고자 노력했는데도 십 년간 요지부동이던 절대의 벽이.

내심 그는 자신했다.

이제 천하의 누구와도 검을 마주할 수 있으리라!

그런데 사도무영을 만나자마자 그 자신감이 손짓 한 번에 무너졌다. 어이가 없는 한편으로, 자신이 아직 우물에서 빠져나오지 못했음을 깨달은 그는 자책감마저 들었다.

'제갈신운아, 너는 아직도 정신을 못 차렸구나.'

사도무영은 제갈신운의 얼굴에 자조의 표정이 떠오르자 말을 슬쩍 돌렸다.

"도원장에서의 일은 이미 지난 일이니 접어 두지요."

제갈신운의 입가에 쓴웃음이 걸렸다.

"그 친구도 본심이 나쁜 사람은 아니네. 시대를 잘못 만났을 뿐이지."

"그건 그런 것 같더군요."

"백 년에 하나 나타난다는 초인들이 한 시대에 여기저기서 나타나니 그도 충격이 컸을 것이네. 특히 자네 같은 사람을 만났으니 그의 충격은 극에 달할 수밖에 없었을 거야."

스스로 뛰어나다고 생각한 사람일수록 넘어설 수 없는 사람을 보게 되면 자괴감이 더 커질 수밖에 없다. 남궁성도 그러한 사람 중 하나일 뿐.

"어쨌든 그 덕에 새로운 사실을 알았지요."

"새로운 사실?"

"아주 재미있는 이야기지요. 안으로 들어가면 그 이야기를 해주겠습니다."

사도무영은 이야기를 뒤로 미루고 씩 웃었다.

제갈산운은 쓴웃음을 지으며 걸음을 옮겼다.

사도무영은 제갈신운을 자신의 방으로 데려갔다.
그에게 딸린 시비가 차를 내왔다. 사도무영은 차를 한 모금 한 다음, 운양장에서 벌어졌던 이야기를 해주었다.
단, 동방경에게 당한 후 구오자의 도관에서 있었던 일은 대충 상처를 치료했다고만 했다.
극독을 밥 먹듯이 먹었다고 하면 아무리 제갈신운이라 해도 믿지 못할 것이었다. 설령 믿는다 해도, 그러면 더 미안해 할 것이니 말하지 않는 것만 못했다.
잠시 후, 제갈신운은 경악하며 눈을 휘둥그렇게 떴다.
구천신교 교주의 아들인 북궁조가 나타났다는 것만 해도 놀라운데, 그 일조차 나중의 일에 비하면 아무것도 아니었다.
"벽검산장의 동방경이 자네를 공격했다고?"
"북궁조가 구천신교의 무리와 함께 쳐들어온 걸 알고 있더군요."
"설마……?"
제갈신운조차 의문을 가진다. 하긴 누가 그 말을 바로 믿을 수 있을까?
"제 추측이 잘못된 것일 수도 있긴 합니다만, 조심해서 나쁠 것은 없지 않겠습니까?"
"정말 구천신교와 벽검산장 사이에 모종의 교감이 오갔다고 보는가?"

"도원장을 나온 후 바로 운양장으로 갔습니다. 그리고 며칠 후 북궁조가 공격했지요. 그리고 밖에선 벽검산장의 무사들이 대기하고 있었고 말입니다."

제갈신운의 표정이 심각하게 굳어졌다.

"벽검산장이 자네가 사는 곳을 알아낸 후 구천신교에 알렸단 말이지? 그들이 왜 그런 모험을 했다고 보나? 그 사실이 알려지면 지탄을 받을 게 분명한데."

"구천신교의 힘을 빌려 저를 제거하려는 차도살인지계일 수도 있지요."

"으음, 그건 그렇군."

"해서 생각한 것입니다만, 단주께서 정천맹으로 돌아가시는 게 어떨까 싶습니다."

"혹시 모를 벽검산장의 움직임을 견제하라는 말인가?"

"그런 것도 있고, 앞으로 구천신교와 싸우려면 아무래도 정천맹에 뜻이 통하는 사람이 하나쯤 있으면 좋을 것 같아서 그럽니다."

"정천맹과 손을 잡을 생각인가?"

"손을 잡는다기보다 서로를 돕는다고 해야겠지요."

담담한 대답.

제갈신운은 씁쓸한 표정으로 사도무영을 바라보았다.

정천맹에 배신감을 느껴도 할 말이 없었다. 그런데 돕겠다니. 그것이 비록 서로의 이익을 위한 것이라 해도, 새삼 사도무영의 의지를 알 수 있는 말이 아닐 수 없었다.

제갈신운은 잠시 입을 닫고 생각에 잠겼다.

그 사이 사도무영은 미지근해진 차를 마저 비웠다.

그가 찻잔을 내려놓자 제갈신운이 말했다.

"나는 이미 죽었다고 선언한 사람, 돌아가지 않겠네. 그 일은 내가 알아서 다른 사람에게 맡기지."

"믿을 만한 사람이 있습니까?"

제갈신운은 고개를 천천히 끄덕였다.

'상황이 급박해졌으니, 그들도 암자를 나왔을 게야.'

사공청은 사도무영을 찾아온 사람이 천유검 제갈신운이라는 말을 듣고 기겁했다.

경악한 것은 사공강도 마찬가지였다.

그는 사공청에게 제갈신운에 대한 말을 듣고 한달음에 사도무영의 방으로 찾아왔다.

쉽게 굽히지 않는 성격이어서 정파와 자주 부딪치는 바람에 마도인으로 평가되지만, 그는 마도보다 패도를 숭상하는 자였다. 또한 의리를 그 무엇보다 중요시했다.

그는 제갈신운이 정천맹을 왜 나왔는지 그 이유를 알기에 제갈신운에게 감탄을 금치 못하고 있던 터였다.

"사공강이 제갈 대협을 뵈오."

"대협이라 불릴만한 사람이 아닙니다. 정 부르시고 싶다면, 그냥 이름을 불러주십시오."

"내 비록 마도인이라 손가락질 받고 있으나, 남자가 어떤 길을 가야 하는지 정도는 알고 있소이다. 제갈 대협은 존경받아 마땅한 사람이오!"

"태양을 볼 면목이 없어 머리카락으로 눈을 가리고 살아가는 사람입니다. 너무 과찬이십니다."

"하하하하! 마음을 행동으로 옮기지 못하면 화중지병에 불과할 뿐이오. 한데 제갈 대협은 의와 협을 몸소 실천한 사람이외다. 천하의 누가 제갈 대협을 비웃는단 말이오! 그런 자가 있다면, 그자야말로 계집의 마음보를 지닌 자가 아니겠소이까?"

제갈신운은 사공강을 지그시 바라보았다.

이러한 자가 왜 마도인으로 손가락질 받고 있는지 의아했다. 말로만 이러쿵저러쿵 하는 사람들이 어디 한두 사람이던가?

그가 보기에는 사공강이 그들보다 훨씬 나았다.

"보주의 마음 깊이 담아놓겠습니다. 언제고 다시 태양을 볼 날이 오면, 그때 만취하도록 한 잔 하고 싶군요."

"하하하! 좋소! 나 역시 그 날을 기다리겠소이다!"

사도무영은 옆에서 지켜보며 조용히 웃었다.

제갈신운은 모든 것을 버림으로써 보다 더 큰 것을 얻은 듯 보였다.

'구천신교와 벽검산장에게는 불행이 되겠군.'

북궁마야, 북궁조, 동방경. 그가 지금까지 본 자들 중 가장 강한 자들이다. 한데 조금만 있으면, 제갈신운을 그들과 나란히 놓아도 될 듯했다.

'섭 형님도 벽을 깼으면 충분히 낄 수 있을 텐데……'

2.

제갈신운이 철마보를 찾아온 지 이틀 후, 젊은 거지 하나가 철마보에 찾아왔다.

정문위사는 젊은 거지를 보며 혀를 찼다.

철마보는 마을과 제법 떨어진데다가, 강호에 마도문파로 알려진 곳. 거지가 오는 일이 거의 없었다.

"쯔쯔쯔, 먹을 걸 구하려면 마을로 가야지, 왜 이리 왔는가? 경험이 없는 초보 거진가?"

정문위사가 물어보는데도 거지는 정문 오 장 앞에 떡하니 버티고 섰다.

철마보를 스윽 둘러본 거지가 정문위사를 향해 물었다.

"이보슈. 여기가 철마보요?"

정문위사 하나가 손가락을 들어 현판을 가리켰다.

"보면 알잖나."

"내가 글자를 알면 미쳤다고 거지노릇 하겠수?"

알아도 모른 척, 그게 뛰어난 거지가 되는 지름길이란 걸 철저히 교육받은 젊은 거지는 아예 현판은 보지도 않고 정문위사만 빤히 쳐다보았다.

정문위사는 짜증을 내며 손을 저었다. 예전이었다면 발로 뻥 차서 쫓아냈을 것이었다. 하지만 찾아오는 사람을 함부로 대하지 말라는 명령이 떨어져서 그럴 수도 없었다.

"여기는 구걸하는 곳이 아니니 마을로 가게."

"내가 언제 구걸하러 왔다고 했수?"

정문위사의 얼굴이 일그러졌다.

거지새끼가 꼬박꼬박 말대꾸 하기는!

"그럼 뭐 하러 왔나?"

"내가 아는 사람이 이곳에 있다고 해서 확인하러 왔수."

"누군데?"

"사도무영이라고, 며칠 전에 온 사람이 있을 거요. 젊은 사람인데, 키가 크고, 생긴 것도 나만큼 잘 생겼고, 옆구리에 칼도 하나 찼고……."

정문위사는 거지가 말하는 사람이 누군지 바로 눈치챘다.

이틀 전에도 그를 찾아온 사람이 있었다. 그는 자신을 찾아오는 사람이 더 있을 거라고 했는데, 눈앞의 거지도 그들 중 하나인 듯했다.

"이름이 뭐지?"

"만소개라고 말하면 알 거요."

"그 사람과 어떤 사인가?"

"친구라고 하기는 좀 그렇고, 그렇다고 수하는 아니고……. 에……, 손을 잡고 같은 길을 함께 가는 사이라고나 할까?"

만소개의 묘한 대답에 정문위사는 헛웃음을 지으며 장난처럼 말했다.

"그 사람은 자네처럼 못생기지 않았는데……."

"나도 깨끗이 씻으면 그럭저럭 괜찮은 얼굴입니다. 사람 우습게보지 마쇼."

만소개의 얼굴을 빤히 보던 정문위사가 피식, 웃었다.

"훗, 걸레는 아무리 빨아도 걸레일 뿐이란 걸 알아야지. 좌우간 따라오게."

만소개는 정문위사의 뒤통수를 금방이라도 갈길 것처럼 타구봉을 힘껏 쥐고 따라갔다.

'걸레로도 쓰지 못할 놈이 어디서!'

사도무영은 만소개가 왔다는 말에 방에서 나왔다.

다가오던 만소개가 얼빠진 모습으로 멈춰 서는 게 보였다.

"왔군요."

만소개는 갑자기 눈을 문질렀다.

"젠장, 뭐가 눈에 들어갔지? 모래가 들어갔나? 누가 봄 아니랄까 봐 바람도 드럽게 세네."

사도무영은 웃음 띤 눈으로 만소개를 바라보았다. 그러고 보면 만소개도 순진한 면이 있었다.

"혼자 왔소?"

만소개는 눈을 문지르며 대답했다.

"다른 사람들은 십 리 밖에 있습죠. 명색이 철마보 아뇨? 혹시 몰라서, 내가 신호를 보내면 오기로 했수."

"다 왔소?"

"와 봐야 도움도 안 될 사람 빼곤 다 왔수."

만소개는 눈 속에 있는, 모랜지 아니면 눈물인지 모를 것을 다 닦아 내고 고개를 들었다.

얼굴은 시커먼데, 눈 주위만 동그라니 하얘서 묘하게 보였다.

"풋!"

사도무영은 자신도 모르게 웃음을 터트렸다.

만소개가 슬쩍 뒤를 돌아보고 의아한 표정을 지었다.

"왜 웃는 거유?"

사도무영은 대충 둘러댔다.

"장 형님이 반가워하는 모습을 생각하니······."

"크크크, 그 양반, 아마 눈물 좀 흘릴 거유. 알고 보니까 되게 순진한 분입디다. 금포쌍괴의 말을 듣더니 그 자리에서 주르륵 눈물을 흘리지 뭐요."

사도무영은 목이 근질거리는 것을 꾹 참았다.

만약 장막심이 지금의 만소개를 본다면 뭐라고 할까? 갑자기 그게 궁금해졌다.

"금포쌍괴도 왔소?"

"한 삼 일 정도 함께 지냈는데, 지겨운지 숭산 구경 간다며 슬며시 떠나 버렸습니다."

하긴 혹독하게 자신을 단련하며 수련하는 사람들과 오랜 시간 함께 있을 사람들이 아니었다.

차라리 다행이었다. 그들과 함께 움직였으면 사람들의 시선을 피하기가 쉽지 않았을 텐데.

"사람들을 부르시오."

"알겠수."

만소개는 품속을 뒤지더니 심지가 달린 기다란 통과 부싯돌을 꺼냈다. 그리고 심지 끝을 부싯돌에 대고 문질렀다.

팍!

심지 끝에서 불꽃이 일었다. 불꽃이 심지를 빠르게 태우고 원통 안으로 들어가자 원통 끝에서 노란 연기가 뭉게뭉게 피어났다.

만소개는 연기가 뿜어지는 원통을 허공에다 힘껏 던졌다.

십칠팔 장 높이로 솟구치던 원통이 펑! 소리와 함께 터지면서 노란 연기가 사방으로 퍼졌다.

만소개는 원통이 제 역할을 하자 다행이라는 표정을 지었다.

"은자 반 냥짜리라서 그런지 불량은 아니구만요."
아니면 자신이 십 리를 뛰어야 했을 텐데. 정말 다행이었다.
"십 리면 곧 도착하겠군요. 밖으로 나가서 그들이 오는가 봅시다."

철마보 정문 아래쪽으로는 완만한 경사를 이루며 제법 넓은 분지가 펼쳐져 있었다. 그리고 그 끝자락에 삼백여 호의 마을이 있었다.
만소개와 함께 정문 밖으로 나가자 마을 쪽에서 달려오는 자들이 보였다.
장막심과 양류한, 도담, 적도광, 수라단원과 수라십이살 중 살아남은 사람 열다섯까지. 모두 열아홉 명이었다.
사도무영은 그들을 본 순간 가슴이 뭉클해졌다.
이 험난한 강호에 혼자만 있는 것이 아니었다. 저들이 있는 것만으로도 행복했다.
'그래, 나에게는 저 사람들이 있어. 그리고 동정호에는 누이와 사부님이 계시고.'
그는 환하게 웃으며 앞으로 걸어갔다.
거리는 순식간에 가까워졌다.
"아우!"
장막심이 소리치며 황소처럼 달려왔다.
사도무영도 두 팔을 벌리고 장막심을 맞이했다.

"형님!"

누가 끼어들 틈도 없었다. 한 발 늦게 도착한 양류한과 적도광과 도담은 묵묵히 서서 장막심이 눈물 콧물 흘리는 모습을 지켜봐야만 했다.

시큰해진 눈에 잔뜩 힘을 주고서!

그렇다고 해서 모두가 그런 것은 아니었다. 수라단의 단원들은 전이나 지금이나 크게 달라진 것이 없었다. 그들은 사도무영을 흘겨보며 수군거렸다.

"조또, 죽었다고 하더니 멀쩡하게 살아있네."

"쓰벌, 아무래도 더 강해진 거 같지?"

"사람도 아니라니까."

"그럼 언제는 인간이었냐?"

"호호호, 내가 없어서 그간 밤에 많이 외로웠을 거야."

"쯔쯔쯔, 매일 밤 령주님 찾으면서 뒹굴더니, 이제 완전히 돌았군."

"나도 꿈꿀 때마다 령주님이 안아······."

퍽!

막도가 교상의 뒤통수를 후려치고는, 사도무영을 보며 씩 웃었다. 얼굴에 새롭게 생긴 흉터 하나가 지렁이처럼 꿈틀거렸다.

어느 정도 격정이 가라앉자, 장막심은 눈물을 쓱쓱 닦아내고 환하게 웃었다.

"나는 절대 믿지 않았네. 아우가 죽다니! 누가 아우를 죽일 수 있단 말인가!"

'거의 죽었다가 살아났죠.'

"쌍괴 늙은이들에게 들었네. 부상이 굉장히 심했었다며? 그 늙은이들이 오독대법 어쩌고저쩌고 하면서, 자기들 사숙인 구오자가 아니었으면 죽었을지도 몰랐다고 하던데."

"맞습니다. 그분 덕에 제가 살아났지요."

다른 사람이었다면 살기는커녕 죽었을 확률이 훨씬 더 높았겠지만.

"다행이군. 좌우간 큰 어려움을 한 번 겪었으니 앞으로는 별일이 없겠지?"

사도무영은 씁쓸한 표정으로 입맛을 다셨다.

'저도 그랬으면 좋겠는데, 한 번 더 죽어야 한다는군요.'

젠장! 생각만 해도 머리가 지끈거렸다.

"형님, 사람들이 쳐다보는데, 일단 안으로 들어가죠."

철마보 사람들이 슬쩍슬쩍 쳐다보며 지나갔다. 개중 몇 사람은 재미있는 구경거리라도 되는 듯 아예 자리를 잡고 앉아서 쳐다보았다.

장막심도 그들의 구경거리가 되는 것은 싫었다.

"그럴까?"

한데 그때, 몸을 돌리던 장막심이 만소개를 보고 파안대소를 터트렸다.

"푸하하하!"

만소개는 영문도 모르고 눈만 껌벅였다.

'왜들 나만 보면 다 웃지?'

하지만 사람들은 모른 척하고, 사도무영을 따라 철마보 안으로 들어갔다.

장막심 일행 중 사공청이 아는 사람은 아무도 없었다.

하지만 사공청은 그들이 사도무영의 일행이라는 이유만으로 정중하게 인사했다. 특히 사도무영이 '형님'이라 부르는 장막심에게는 허리까지 숙였다.

장막심은 포권을 취하며 밝게 웃었다.

"반갑소. 아우가 신세지고 있나 본데, 이 장모가 언젠가 보답하리다."

"별 말씀을 다하십니다. 신세야 제가 졌지요. 사도 형과의 인연이 이어져서 이렇게 여러분들을 뵙게 되었으니 제가 운이 좋은가 봅니다. 그리고 사도 형과는 친구처럼 지내기로 했으니 말을 놓으십시오."

"하, 하, 하, 인연을 이야기하니까 말인데, 사실 아우와 나도 아주 우연히 만났다오. 내가 말이오, 마누라를 뺏어간 친구를 죽이기 위해서 악양으로 가는 길에 아우를 만났는데……."

양류한이 장막심의 옷깃을 잡아당겼다.

"그만 들어가시죠. 사도 형이 기다립니다."
"어? 그럴까? 사공 형, 그 이야기는 나중에 해주리다."
"예? 예……."
사공청이 머쓱한 표정으로 대답하며 고개를 모로 꼬았다.
사도무영이 그의 옆을 지나가며 피식 웃었다.
"아홉 살 때의 이야긴데, 들어보면 아주 재미있습니다."
"……?"

사도무영의 방에는 제갈신운이 앉아 있었다. 방 안으로 들어간 사람 중 누구도 그를 바로 알아보지 못했다.
사도무영이 장막심 등과 함께 탁자로 다가가자, 자리에서 일어난 제갈신운이 담담한 어조로 말했다.
"오랜만이군."
눈을 깜박이던 만소개가 기겁하며 소리쳤다.
"혹시…… 제갈 단주님 아닙니까?"
"헛!"
양류한은 헛바람을 들이키고, 장막심은 눈을 크게 떴다.
"엥? 정말 제갈 대협……?"
반면 수라곡 출신인 도담과 적도광은 무표정한 얼굴에 잔물결을 일으키며 그를 바라보았다.
묘한 기분이 들었다.
은혜를 저버렸다며 모든 명예를 버린 자. 죄를 빌겠다며 머리카락을 자르고, 옷을 뒤집어 입은 후 정천맹을 떠났다는 자다.

수라곡에서 살던 때였다면 비웃으며 코웃음 쳤을 것이다. 그런데 지금은 그럴 수가 없었다.

제갈신운을 보는데 가슴이 뜨거워졌다.

뭔가가 뭉클거리며 솟구쳤다.

의(義)와 협(俠)!

그것이 이토록 뜨거운 것이었단 말인가!

사람들의 시선이 집중된 가운데, 제갈신운이 포권을 취하며 말했다.

"당분간 함께 지내야 할 것 같군. 잘 부탁하겠네."

"정말 저희와 함께하실 겁니까?"

만소개가 눈을 휘둥그렇게 뜨고 물었다.

제갈신운은 고개를 끄덕였다.

"그렇다네. 그런데…… 자네 눈은 왜 그런가?"

"예?"

"어디 아픈가? 눈 주위만 하얗고 나머지는 시커멓군."

만소개가 얼굴에 손을 가져다 대려는데, 장막심이 팔을 잡아당겼다.

"하하하, 보기 좋은데 뭐. 일단 앉자고. 앉으시죠, 제갈 대협. 아우도 앉지 그러나?"

사람들이 대충 자리에 앉자 사도무영이 물었다.
"그날 이후의 상황을 좀 이야기해 주시죠."
장막심은 사람들을 둘러보았다.
이야기할 사람이 그밖에 없었다. 양류한은 아예 말하는 걸 싫어하고, 도담과 적도광은 지리와 강호에 대해 아는 게 많지 않고, 별수 없었다.
그는 입술에 침을 한 번 바르고는, 그 날의 일을 실감나게 이야기했다.
"그러니까 다시 돌아와서 지하에 숨겨진 금을 찾아들고 장원을 떠났는데……."

운양장을 떠난 장막심 등은 곧장 남쪽으로 내려갔다.
그들이 남쪽으로 내려간 이유는 오직 하나였다.
동정호에 조화설과 망혼진인이 있는 이상, 사도무영이 무사하다면 그곳으로 갈 가능성이 많다고 생각한 것이다.
그들은 형주 북쪽의 기산에 거처를 정하고, 만소개를 통해 사도무영에 대한 소식을 알아보았다. 그리고 소식이 올 때까지 자신들의 실력을 다듬는데 총력을 기울였다. 더는 사도무영에게 뒤를 맡기지 않겠다는 각오로.
삼령도까지 갈까 생각도 했지만, 사도무영도 없이 가봐야 반길 것 같지가 않아서 포기했다. 망혼진인이 그 사실을 알게 되면 가만두지 않을 것 같아 불안하기도 했고.

더구나 위쪽에서 무슨 일이 벌어지면 즉시 대처해야 하는데, 동정호는 너무 멀었다.

그렇게 기산에 머물고 있을 때 남장이 무너졌다는 소식이 전해졌다. 그리고 얼마 지나지 않아서 구천신교가 의창과 형주를 쳤다.

장막심 등은 두문불출하며 움직이지 않았다. 철표개와 개방의 제자들은 이미 형주분타를 비운 상태여서 걱정하지 않아도 되었다.

그런데 한 달이 지날 즈음, 구천신교의 입에서 사영이 죽었을 거라는 소문이 들렸다.

장막심은 코웃음 치며 믿지 않았다.

하지만 사도무영에 대한 소식이 없다 보니 마음이 불안해졌다. 더구나 구천신교가 파죽지세로 정천맹을 몰아붙이며 호북의 서남부를 대부분 장악해 버리자, 불안감이 점점 더 커졌다.

한데 불안감을 참지 못한 그들이 은잠하고 있던 곳에서 막 뛰쳐나가기 직전! 금포쌍괴가 개방에 소식을 전했다.

만소개가 그들이 남긴 전언이라며 가져온 소식은 간단했다.

부상을 치유 중이니 움직이지 말고 기다려라.

만소개는 금포쌍괴를 찾기 위해 수소문해 보았다. 그들을 찾으면 사도무영이 있는 곳을 알 수 있을 테니까.

그러나 그가 다시 금포쌍괴를 만났을 때는, 이미 사도무영이 치료를 마치고 죽산을 떠난 뒤였다. 그리고 닷새 전, 구천신교의 이차 선전포고와 함께 사도무영이 철마보에 있다는 소식이 안강에서 전해졌다.

장막심은 긴 이야기를 마치고는 눈에 힘을 주었다.
"아우가 살아있다는 것을 알고 난 후, 밖으로 나가고 싶은 걸 꾹 참으면서 죽어라고 무공만 익혔지. 하도 오기를 품었더니, 지난 십여 년간 벽처럼 쌓여 있던 게 갑자기 뚫리더군."
양류한이 그런 장막심을 흘겨보며 말했다.
"장 형님과 비무를 자주 했는데, 살아남으려면 나 자신부터 강해져야 했소. 그 덕에, 미완성이었던 낙성유혼검을 완성하긴 했소만, 솔직히 말해서 조금도 고맙지가 않소. 아마 내가 조금만 약했어도 벌써 죽거나 병신이 되었을 거요."
장막심은 먼 산을 쳐다보며 얼버무렸다.
"그게 말이지, 한 번 작정하고 검을 펼치면 나도 정신이 없더라고……. 전에는 안 그랬는데……."
사도무영은 빙그레 웃으며 적도광을 바라보았다.
"수라십이살 중 살아남은 사람을 모두 수라단에 편입시킬 것이오. 그들을 적 형이 전처럼 지휘해 주시오."
"알겠습니다, 령주."
사도무영의 눈이 전체를 향했다.

"내일부터 여러분들의 무위가 어느 정도인지 시험해 볼 것입니다. 특히 내가 살아있는 것을 한스럽게 생각하는 수라단원들. 우리 오랜만에 땀 좀 흘려보자고."

수라단원들이 털썩, 쓰러지듯이 무릎을 꿇고 고개를 숙였다. 그리고는 존경하는 마음이 물씬 풍기는 목소리로 대답했다.

"예, 존경하는 령주님!"

"위대하신 령주님의 명에 따르겠나이다!"

"호호호호, 저는 밤에 하면 안 될까요?"

"저도……."

퍽!

"교상은 제가 데리고 나가겠습니다, 령주!"

뚝, 뚝, 뚝.

고개 숙인 그들의 이마에서 땀방울이 떨어졌다.

'씨발, 내일부터 죽었다.'

'지미, 저 장 씨는 왜 자랑을 해? 조금 늘었다고만 했으면 그냥 넘어갔을지 모르는데.'

3.

예상과 달리, 사혈문은 이상할 정도로 조용했다.

구천신교와 정천맹의 전쟁이 코앞에 닥쳤기 때문인 듯했다. 자칫 태풍에 휩쓸리면 흔적조차 없이 사라질 테니까.

그 사이 사도무영은 일행들의 무위를 점검했다.

소수의 인원으로 적을 상대하려면 적재적소에 능력별로 사람을 투입해야 하는데, 그러려면 각자의 능력을 제대로 알아야 했다.

다행히 일행들은 그를 실망시키지 않았다.

가장 강했던 도담은 완벽한 초절정의 경지에 올라 있었고, 적도광도 전보다 강해져 있었다.

하지만 뭐니 뭐니 해도 가장 사도무영을 놀라게 한 사람은 장막심과 양류한이었다.

장막심은 피를 두려워하지 않게 되면서 전에 비해 배 이상 강해진 상태였다.

양류한도 그 못지않았다. 웅크린 채 표출되지 않던 자질이, 생사를 가르는 싸움을 연속 겪으면서 꽃을 피우기 시작한 것이다.

본래 그들보다 강했던 도담과 적도광도 이제는 그들을 이긴다 자신할 수가 없을 정도였다.

"음하하하하! 내가 한다면 하는 사람일세!"

쓸데없이 자화자찬만 하지 않는다면 더 나을 것을…….

수라단원과 수라육살은 따로 시험해 보았다.

그들도 전에 비하면 월등하게 강해져 있었다. 그렇다고 해서 사도무영을 어렵게 할 정도는 아니었지만.

사도무영은 그들을 심하게 다루지 않았다. 당장 실전에 투입해야 할지 모르니까.

그래도 온몸이 땀에 젖을 정도는 만져 주었다. 수라육살에 비해서 수라단원은 두 배의 강도로.

수라단원들은 맞으면서도 웃었다. 웃으면 덜 때린다는 사도무영의 말에.

그 말을 듣지 못한 사람들은 그런 수라단원들을 보고 이상하게 생각했다.

'맞는 게 즐거운가? 세상에 그런 사람들이 있다더니. 쯔쯔쯔……'

그나마 다행히 사도무영의 시험은 오래가지 않았다.

구천신교의 이차 선전포고로 언제 전쟁이 벌어질지 모르는 일. 그 전에 몇 가지 일을 처리해 놓아야 했다.

제3장
잠룡이 일어서니
바람이 불고

1.

 봄바람이 유난히 따스하게 불던 날 아침.
 사도무영은 일행과 함께 철마보를 나섰다. 약속했던 대로 사혈문을 정리하기 위함이었다.
 사도무영이 마침내 사혈문을 치기로 하자, 사공청이 철마팔혼검과 철마보의 장로 다섯, 철마보 최강의 무력단체인 철검당(鐵劍堂)과 철혼당(鐵魂堂) 무사 백 명을 이끌고 사도무영을 따라나섰다.
 삼십 대와 사십 대의 중견고수들로 이루어진 철검당과 철혼당은 숫자가 각각 오십 명밖에 되지 않았다. 그러나 숫자는 철마보 무사의 이 할밖에 안 되어도, 전체 무력의 사 할을 차지

할 만큼 막강함을 자랑했다.
 사도무영은 처음에 그들의 도움을 거절했다. 사혈문은 자신이 처리하기로 했었으니까. 하지만 사공강의 고집이 워낙 강했다.

"나는 남의 도움을 보고만 있을 정도로 염치없는 사람이 아니라네. 그래도 고집을 피울 거라면, 지금까지의 이야기는 없던 것으로 하지."

'소문대로 고집은 되게 세군.'
 하긴 구천신교나 천마궁을 대하는 것만 봐도 그의 고집이 어느 정도인지 아는 건 어렵지 않았다. 망하는 한이 있어도 그들의 수하가 되기는 싫다는 사람이 아닌가.
 그나마 다행이라면, 사공청은 사공강과 달리 고집이 별로 세지 않다는 것이었다.
"사공 형, 여기서 사혈문까지 얼마나 됩니까?"
"계곡길을 따라서 이백오십 리 정도 됩니다."
 가깝지도, 멀지도 않았다. 그 정도라면 해가 지기 전에 도착할 수 있을 것이었다.

 철검당의 무사 열 명이 선두에 서서 길을 안내했다.
 사도무영 일행이 그 뒤를 따라가고, 사공청이 이끄는 철마보 무사들이 뒤를 맡았다.

서로 간의 거리는 오십 장에서 백 장 정도. 떠나오기 전 사혈문의 위치에 대해서 설명을 들은 데다, 거의 외길이나 마찬가지여서 따라가는 것은 어렵지 않았다.

그들은 백 리를 달리고 반 시진 쉬고, 또 백 리를 달리고 반 시진 쉬었다.

그렇게 신시가 넘어갈 무렵이 되자 사도무영 일행은 사혈문에서 이십 리 떨어진 곳까지 접근했다. 철마보를 출발한 지 다섯 시진 만이었다.

사혈문의 총단이 얼마 남지 않은 상황. 선두를 달리던 철검당 무사들은 긴장감을 늦추지 않고 계곡의 구비를 돌았다. 이제 계곡 끝에 있는 고개만 넘어가면 사혈문이 보일 것이었다.

한데 그때였다. 무사 일곱 명이 언덕 아래쪽에 있는 바위에 앉아서 낄낄거리고 있는 게 보였다.

사혈문의 순찰무사들이었는데, 언뜻 들리는 말로 봐서 진한 음담패설을 나누고 있는 듯했다.

거리는 오십 장 정도.

철검당 무사들은 그들을 발견하고 더욱 빨리 달렸다.

거리가 반으로 줄어들었을 때서야 사혈문의 순찰무사들이 그들을 발견했다.

"저놈들은 뭐야?"

"철마보 놈들이다!"

"뭐? 신호를 올려!"

철검당 무사들은 조금도 멈칫거리지 않고 그들을 향해 쇄도했다.

―뒤에서 쫓아오는 사람을 보면 도주할지 모르는 일. 최대한 빨리 제거하시오.

그것이 사도무영이 내린 단 하나의 명령이었다.

사혈문의 순찰무사들은 신호를 올릴 틈도 없이 철검당 무사들을 상대해야 했다.

하지만 일개 순찰무사들은 철검당 무사들의 상대가 되지 못했다.

"으악!"

"이 개자식들!"

"크억!"

사도무영 일행이 구비를 돌아올 즈음, 순찰무사 일곱 중 네 명이 쓰러졌다. 그리고 사도무영 일행이 그곳에 도착했을 때는 서 있는 자가 아무도 없었다.

순찰무사가 있다는 것은 사혈문의 순찰망 안에 들어왔다는 말. 사도무영은 일단 그곳에서 걸음을 멈췄다.

뒤이어 사공청이 철마보 무사들과 함께 도착했다.

"여기서 사혈문까지 얼마나 되오?"

"십오 리 정도 될 겁니다.

사혈문의 순찰망이 예상했던 것보다 느슨하다. 덕분에 별 힘들이지 않고 이곳까지 왔지만 의외의 일이 아닐 수 없었다.

곤경에 처해 있는 철마보가 전격적인 공격을 할 거라고는 예상치 못한 건가?

그럴 가능성도 충분했다. 그들은 철마보보다 제갈세가와 무당으로 집결하고 있는 정천맹에 잔뜩 신경이 쏠려 있을 테니까.

어쩌면 그래서 철마보를 공격하지 않고 조용했던 것일지도 몰랐다.

"이곳에서 마지막 휴식을 취하고 갑시다. 일단 공격을 시작하면 끝장을 볼 때까지 숨 쉴 틈이 없을 거요."

사공청은 철검당 무사 셋을 언덕 위로 올려 보냈다. 사혈문 무사들이 다가올 경우 한눈에 볼 수 있는 곳이었다.

다른 사람들이 쉬는 동안 사도무영은 사공청과 함께 언덕으로 올라갔다.

"저기가 사혈문이오."

사공청이 검지로 전면을 가리켰다.

저 멀리, 계곡 안쪽에 지어진 십여 채의 건물이 보였다. 직선거리로는 십 리 정도 될 듯했다.

사혈문은 십여 년 전만 해도 철마보에 눌려 기를 펴지 못했다. 한데 구천신교의 지원을 받아 몇 년 사이 철마보를 위협할 정도로 큰 상태였다.

더구나 그들의 악랄함은 유난히 심해서, 무당이 그들을 제거하려고 제자를 파견한 적이 있을 정도였다. 실패하는 바람에 사혈문의 간덩이만 키워주고 말았지만.

"적의 숫자가 오백 정도 된다고 했지요?"

"우리가 파악한 바로는 그렇소. 그 중 총단에 있는 자들이 사백쯤 될 것이오."

이각 후.

사도무영은 일행과 함께 언덕을 내려갔다. 사혈문의 총단 위치를 아는 이상 그때부터는 사도무영 일행이 앞장섰다.

십여 리를 가자 초목이 없는 황무지가 나왔다.

땅이 바짝 말라 있어서 그들이 지나가자 먼지구름이 일어났다. 멀리서 보면 연기가 피어오르는 것처럼 보일 정도였다.

'지금쯤 놈들도 우리를 발견했겠군.'

하지만 적이 눈치채는 것에 대해선 조금도 신경 쓰지 않았다. 알아도 상관없었다. 어차피 단숨에 쓸어버릴 작정이니까.

아니나 다를까, 곧 당황한 목소리가 들렸다.

"저 새끼들 뭐야?"

"헛! 철마보 놈들이잖아?"

"적이다! 철마보 놈들이 쳐들어온다!"

사도무영 일행을 발견한 자들이 발악하듯이 소리치고 뒤로 도망쳤다.

거리가 오 리로 줄어들었을 무렵, 사혈문이 있는 곳에서 다급한 북소리가 울려 퍼졌다.

둥, 둥, 둥!

사도무영 일행과 철마보의 무사들은 쏜살같이 내달렸다.

사혈문 쪽에서도 무사들이 쏟아져 나왔다.

"놈들을 막아라! 진입하지 못하게 해!"

"얼마 안 된다! 막아!"

"한 놈도 돌려보내지 마라!"

거리가 이 리 정도로 줄어들자 사도무영 일행과 철마보 무사들이 일제히 무기를 뽑아들었다.

스릉! 차창!

밖으로 나온 사혈문 무사들도 그 사이 백 명이 넘었는데, 그들도 각자의 무기를 뽑아들고 벽을 쌓았다.

그리고 잠시 후. 거센 태풍이 벽을 관통했다.

"으악!"

"놈들을 막아! 크어억!"

비명과 악다구니가 터져 나오고, 피분수가 곳곳에서 솟구쳤다.

일말의 인정도 없는 사도무영 일행의 공세에 철마보 무사들조차 안색이 해쓱하게 질릴 정도였다.

일검 일도를 제대로 버티지 못한 채 수십 명이 순식간에 쓰러지자, 사혈문의 무사들도 달려들지 못하고 주춤거렸다.

당랑거철이라, 사마귀가 수레를 막는 꼴이 아닐 수 없었다.

철마보 무사들은 그들을 따라가며 곁가지만 쳐냈다. 그간 당한 것을 복수하고자 하는 그들이었다. 자연 그들의 손속도 수라곡 무사들 못지않게 독했다.

"쓸어버려라!"

철혼당주 곡철상의 외침이 피로 뒤덮인 전장을 흔들었다.

철혼당 무사들은 핏발 선 눈으로 상대를 찾아 달려들었다.

바로 그때였다.

쾅!

사도무영의 좌장에 사혈문의 정문이 부서지며 안쪽으로 날아갔다.

사도무영은 안으로 들어가며 달려드는 자들을 향해 도를 휘둘렀다.

따당! 떵!

"크억!"

그의 수라도에 부딪친 상대의 무기는 부러지든가, 손을 벗어나 허공을 날았다. 그리고 무기의 주인은 충격을 이기지 못하고 피를 토하며 쓰러졌다.

그는 거칠 것 없는 걸음으로 사혈문 안쪽으로 들어갔다.

제갈신운이 바짝 옆을 따라가고, 장막심, 양류한과 수라곡의 무사들이 부챗살처럼 펴진 채 전진했다.

"이놈들!"

전각의 문이 벌컥 열리더니, 분노에 찬 노성과 함께 안에서 이십여 명이 쏟아져 나왔다. 문주인 오노적과 장로, 호법 등 사혈문의 주요 간부들이었다.

수염이 턱에만 묘한 형태로 나서 얍삽하게 생긴 오노적이 분노에 치를 떨며 소리쳤다.

"저놈들을 갈가리 찢어 죽여라!"

사혈문의 모든 무사들이 몰려나온 상태였다. 오노적이 나온 전각 좌우에 있는 무사만 해도 이백 명에 가까웠다.

그들은 오노적의 명이 떨어지자, 일제히 사도무영 일행을 공격했다.

"놈들을 죽여라!"

"몇 놈 되지 않는다! 한 놈도 놓치지 말고 머리를 잘라버려!"

숫자가 네 배 이상이었다. 당장이라도 장막심 등이 피를 뿌리며 죽어갈 것 같았다.

그러나 상황은 정반대로 흘렀다.

제갈신운의 검이 뻗어나가면 여지없이 끈 떨어진 연처럼 사혈문 무사들이 널브러졌다.

"으라차차차! 덤벼라, 이놈들!"

장막심이 커다란 검을 폭풍처럼 휘두르자 비명과 피가 튀었고, 양류한이 소나기 같은 검기를 쏟아낼 때마다 사혈문 무사들은 구멍이 숭숭 뚫리며 죽어갔다.

초혼혈기를 자유자재로 운용하는 도담, 수라귀천검을 극성으로 펼치는 적도광. 그들의 공세가 끊어지지 않고 줄기줄기 펼쳐지며 적의 숨통을 끊었다.

귀청을 먹먹케 하는 병장기 부딪치는 소리!

끊어지지 않고 이어지는 비명!

그 와중에도 수라단원과 수라육살은 경쟁하듯이 적의 심장과 목을 갈랐다. 입도 쉬지 않았다.

"우리를 찢어 죽인다고! 어디 누가 죽나 보자, 이 자식들아!"

"호호호호! 덤벼봐! 물건을 잘라버릴 테니까!"

"쓰벌 놈들아! 이리와! 어디 누구 살이 질긴지 알아보자고!"

수라단원들의 욕설이 귀를 따갑게 하는 사이, 겹겹이 둘러싼 포위망이 양파껍질처럼 한 겹 한 겹 벗겨졌다.

그리고 바깥쪽 껍질은 철검당 무사들이 책임졌다.

적아를 구분하기 힘들 정도의 격전!

질펀한 피가 바닥을 붉게 물들이고, 비릿한 혈향이 절로 이마를 찌푸리게 만들었다.

사도무영은 그러한 격전지를 가로지르며 오노적에게 다가갔다.

얼굴이 시뻘게진 오노적은 다가오는 사도무영을 보며 악을 썼다.

"뭐하는가! 모두 저놈을 공격해!"

그는 악을 쓰며 장로와 호법들의 등을 떠밀었다.

다섯 명의 장로들이 사도무영을 향해 달려들었다. 그리고 나머지는 장막심 등을 공격했다.

"오른쪽은 내가 맡지."

제갈신운이 스윽, 앞으로 나아가며 검을 들어 올렸다.

검첨에서 쭉 자라나는 시퍼런 검강!

검신을 따라 검기가 휘돌며 대기를 찢어발겼다.

고오오오!

달려들던 사혈문 간부들의 얼굴이 하얗게 탈색되었다.

하지만 물러서기에는 이미 늦은 상황. 그들은 전력을 다해 제갈신운을 공격했다.

제갈신운은 머리카락 사이로 신광을 번뜩이며 검을 뻗었다.

검강이 대기를 가르며 유성처럼 흐른 순간!

퍽! 퍼벅!

달려들던 두 사람의 가슴이 거의 동시에 뻥 뚫리고, 두려움에 질려 몸을 피하려던 자는 목이 반쯤 잘라졌다.

"크악!"

"끄으으으……"

가공할 검세! 가히 절대의 검공이다.

'대단해. 전에 만났을 때보다 확실히 더 강해졌어.'

그만큼 장막심 등의 위험이 줄어든 상황. 마음이 편해진 사도무영은 무심한 눈으로 오노적을 바라보며 발을 내딛었다.

순간이었다.

쏴아아아! 휘이이잉!

거친 회오리바람이 사막의 모래를 말아 올리는 소리가 그에게서 났다.

그것은 오노적과 사혈문의 간부들을 지옥으로 이끄는 소리였다.

겁에 질린 장로 두 사람이 악을 쓰며 달려들었다.

"죽어라, 이놈!"

"으아아아!"

쉬아아악!

한 번의 칼질에 절정고수라는 사혈문의 장로 두 사람이 지옥으로 달려갔다.

"헉!"

"끄윽!"

억눌린 비명. 이마가 갈라지고, 목에서 뿜어지는 피분수로 피안개가 피어났다.

하지만 그것은 시작일 뿐이었다.

용천풍을 펼친 사도무영은 사혈문 간부들 속으로 뛰어들며 우수로는 수라도를 휘두르고, 좌수로는 풍뢰수를 펼쳤다.

쩌저적! 콰르르릉!

수라도가 허공을 가를 때마다, 좌장이 대기를 터트릴 때마다, 어김없이 사혈문 간부 한두 명이 피화살이 뿜으며 튕겨졌다.

순식간에 사도무영과 오노적의 거리가 삼 장으로 줄어들었다.

"마, 맙소사! 대체…… 저놈들은 누구……!"

오노적은 수하들을 죽음 앞으로 내몰면서 정작 자신은 뒤로 물러섰다.

안색이 흙빛으로 변한 그는 덜덜 떨리는 눈으로 사도무영을 바라보며 악을 쓰듯이 외쳤다.

"으으으……. 아수라 같은 놈! 저놈은 아수라다, 지옥의 아수라야!"

사도무영은 그를 노려보며 차갑게 말했다.

"일문의 주인이라는 자가 수하들만 죽음으로 내몰다니, 그대는 사람을 거느릴 자격이 없다, 오노적!"

그는 미끄러지듯이 앞으로 나아갔다.

가만히 서 있는 것처럼 보이는데도, 찰나 간에 삼 장의 간격이 줄어들었다.

동시에 수라도의 도영이 허공에 둥실 떠올랐다.

쉬이이익!

눈앞을 가득 메운 거대한 도영 하나!

피할 곳이 없다.

뒤로 물러나면 머리가 갈라질 것 같고, 옆으로 피하면 몸이 두 동강날 것 같다.

"안 돼!"

잠룡이 일어서니 바람이 불고 81

오노적은 검을 들어 가까스로 수라도를 막았다.
쾅!
굉음과 함께 오노적의 검이 허공으로 날아갔다.
찰나였다. 바람 한 줄기가 허공을 길게 갈랐다.
쉬익!
오노적의 오른팔이 바닥으로 떨어지고, 시뻘건 피분수가 어깨에서 뿜어졌다.
뒤늦게 참담한 비명이 터져 나왔다.
"끄어어억!"
오노적은 벌벌 떨며 뒤로 물러났다. 순간이었다.
콰르릉!
뇌음을 동반한 풍뢰수가 뒤로 물러나는 오노적의 가슴을 두들겼다.
퍼벅!
튀어나올 것처럼 눈이 불거진 오노적은, 입을 쩍 벌리고 이장 밖으로 날아갔다.

문주인 오노적과 장로, 호법 등 간부들이 죽어가자 사혈문의 무사들은 하나둘 도주하기 시작했다.
그들에게는 문파에 대한 충성심보다 자신의 목숨이 중요했다.
그 바람에 격전이 급속도로 냉각되더니, 일각 가량이 지나자 거의 모든 싸움이 멈추었다.

 사공청은 눈앞에 펼쳐진 광경을 보며 자신도 모르게 고개를 내둘렀다.

 "맙소사······."

 사혈문을 공격한 시간이라고 해봐야 이각 정도에 불과했다. 한데 사혈문 전체가 피로 뒤덮였다.

 공포에 질려서 도주한 자는 백여 명 정도. 전체의 이 할이나 될까 싶다.

 시신은 겹쳐서 쌓여 있을 정도이고, 그 사이에서 부상자들이 신음을 흘리며 피로 뒤덮인 바닥을 기어가고 있다.

 물론 사도무영의 일행이나 철마보 무사들이라고 해서 온전한 것은 아니다.

 철검당과 철혼당 무사 중 아홉 명이 죽고 삼십여 명이 크고 작은 부상을 입었다. 철마팔혼검 중 세 사람도 부상당한 상태고.

 하지만 사도무영 일행은 부상자만 대여섯 명 발생했을 뿐 죽은 자는 하나도 없었다.

 사도무영 일행을 보고 사혈문을 무너뜨릴 수 있겠다는 생각을 하긴 했다.

 그러나 아무리 그렇다 해도 이런 결과가 나올 줄이야!

 사공청은 눈앞에 드러난 결과를 보고 숨이 막혔다.

 '구천신교를 무너뜨리겠다는 말, 그냥 한 소리가 아니었어.'

그는 사도무영을 바라보았다.

사도무영의 앞에는 팔 하나가 잘린 채 눈을 부릅뜨고 죽어 있는 오노적의 시신이 놓여 있었다.

그는 주위를 천천히 둘러보고는 사공청에게서 시선을 멈췄다.

"이제부터는 사공 형이 알아서 정리하시오."

대답하는 사공청의 목소리가 살짝 떨려나왔다.

"알겠소이다."

2.

사혈문이 철마보에 의해서 무너진 사건은 또 한 번 섬서를 흔들었다.

특히 천마궁은 생각지도 못한 결과에 경악을 금치 못했다.

그 소식이 전해지자마자 백궁명은 간부들을 불러 모았다. 그리고 정확한 소식을 알아보았다.

"들리는 말로는 한 시진도 걸리지 않았다고 합니다."

"완전히 피로 물들었다더군요."

"허어, 철마보가 그 정도였나?"

복진이 놀란 표정을 지으며 말하자, 조용히 앉아 있던 백궁명이 말했다.

"아무래도 그자가 관여한 것 같군."

장확의 눈빛이 반짝였다.

"여기 왔던 그놈 말씀입니까?"

"그가 아니라면 철마보가 어찌 하루 만에 사혈문을 무너뜨릴 수 있었겠는가?"

한쪽에 조용히 앉아서 듣고만 있던 육순 중반의 노인이 물었다.

"그러니? 혹시 그때 왔다던 청년을 말하는 건가, 총호법?"

눈빛이 잘 갈린 칼날처럼 날카로운 백염노인. 그는 천마궁의 태상장로이자 섬서 마도계의 살아있는 전설인 태백마도(太白魔刀) 혁거붕이었다. 산서의 천음마종(天陰魔宗)과 함께 팔마 중 첫째 둘째를 다투는 자.

그는 사소한 일 때문에 당시 그 자리에 없었던 것을 항상 안타깝게 생각했다.

장확과 금치량을 일도 일수에 물리친 자를 보지 못하다니.

백궁명은 그의 질문에 천천히 고개를 끄덕였다.

"그렇습니다, 태상장로. 정말 뛰어난 자였지요."

"나이가 어린 청년이라 하지 않았소?"

"나이는 어렸습니다만, 행동과 말투, 특히 무공은 천하에서 능히 손가락 안에 들 거라는 생각이 들었지요."

그가 쓴웃음을 지으며 말한 직후였다. 안쪽의 휘장 뒤에서 담담한 목소리가 흘러나왔다.

"나도 궁금하군요. 그가 누군데 총호법이 그리 높게 평가하는 거요?"

둘러앉아 있던 사람들이 벌떡벌떡 일어났다.

휘장이 젖혀지고 한 사람이 나왔다.

천마궁주, 철혈신마 위지양이었다.

"궁주님을 뵈옵니다!"

"이제 나오셨사옵니까."

백궁명과 혁거붕을 비롯한 스물두 명의 간부들이 일제히 허리를 숙이며 예를 올렸다.

"자리에 앉으시오. 어디 그 이야기 좀 들어봅시다."

백궁명이 먼저 뜻 모를 질문을 던졌다.

"어찌 되었사옵니까, 궁주? 얻으셨사옵니까?"

"두 번째 검을 얻었소. 다행히 그대들을 실망시키지는 않은 것 같구려."

"오오! 앙축 드리옵니다!"

"앙축 드리옵니다, 궁주!"

스물두 명의 간부들이 다시 허리를 숙였다.

위지양은 담담히 웃으며 자리에 앉았다.

"다들 앉으시오."

백궁명과 혁거붕을 필두로 모든 간부들이 자리에 앉았다.

위지양의 눈이 백궁명을 향했다.

"어디 말해 보시오. '그'라니, 누구를 말하는 거요?"

백궁명이 먼저 그 이야기가 나온 상황부터 이야기했다.

"사혈문이 철마보의 공격을 받고 단숨에 무너졌다고 합니다."

"사혈문이? 흠, 철마보가 그렇게 강했나?"

"한데 제가 생각하기로는……."

백궁명은 사도무영과 사공청이 천마궁을 찾아왔을 적 벌어진 일을 간단하게 이야기했다.

위지양이 화를 낼지 모르지만, 언제까지 숨겨둘 수는 없는 일이었다. 사도무영이 약속한 것도 있고.

아니다 다를까, 위지양은 그 이야기를 듣고 침잠된 눈으로 장확과 복진, 금치량을 바라보았다.

"그렇게 당부했거늘……."

자리에서 일어난 복진과 장확, 금치량은 무릎을 꿇고 고개를 숙였다.

"제가 말리지 못해 일어난 일, 저를 벌해주소서!"

"아니옵니다! 속하로 인해 벌어진 일, 당연히 속하가 벌을 받겠습니다."

"궁주께 누를 끼쳤사옵니다!"

위지양은 차가운 눈으로 세 사람을 둘러보고 냉랭히 말했다.

"당연히 벌을 받아야 할 거요. 단, 앞으로 벌어질 싸움에서 공을 세운다면 그 벌을 면해줄 것이오. 그러니 누구보다 앞장

서서 공을 세우도록 하시오."

고개를 숙인 세 사람의 어깨가 감격으로 잘게 흔들렸다.

"감사하옵니다, 궁주!"

위지양은 세 사람의 치죄를 뒤로 미루고 백궁명을 바라보았다.

"어디 그자에 대해서 자세히 말해 보시오. 젊은 자라 했는데, 누군지 알아보았소?"

"미처 알아보지 못했습니다.

뛰어난 자라는 건 알았다. 그가 철마보의 사공청과 같이 철마보로 갔다는 것도 알아냈다.

하지만 그의 정체가 무엇인지, 이름이 무엇인지에 대해선 아무것도 모르는 상황이었다.

위지양은 대충 상황을 짐작하고 이마를 찌푸렸다.

"어떻게 생긴 자였소?"

백궁명은 그 날의 일을 떠올리며 사도무영의 생김새를 말했다.

"솔직히 말씀드려서, 궁주님을 제외하고 젊은 자들 중 그러한 고수가 있을 줄은 생각도 못했습니다. 더구나 그자는 이제 이십 대 초반이었는데……."

위지양은 백궁명의 설명을 들으며 묘한 표정을 지었다. 들으면 들을수록 그가 아는 어떤 사람과 비슷하게 느껴졌다.

'아우와 비슷하게 생겼나 보군.'

그는 백궁명의 말이 다 끝난 다음에야 넌지시 한 가지를 물었다.

"혹시 그가 가지고 있다는 도가 이렇게 생기지 않았소? 검은 도집에, 좁은 도신은 신월처럼 완만하게 휘어져 있고……."

위지양이 도의 생김새를 설명하자 백궁명을 비롯한 간부들의 눈이 휘둥그레졌다.

"어떻게……. 아시는 자이옵니까?"

그제야 확신을 한 위지양의 입가로 가느다란 웃음이 그어졌다.

하지만 그것도 잠시, 고개를 쳐든 그는 참지 못하고 대소를 터트렸다.

"와하하하하하!"

3.

사혈문의 멸문 소식을 듣고 사람들이 모인 곳은 천마궁만이 아니었다. 장안표국의 영빈각에도 사람들이 모였다.

"사혈문이 무너졌다고? 흥, 그놈들 잘 무너졌군. 그놈들보다는 차라리 철마보가 백배 낫지."

사도관은 코웃음 치며 사혈문의 멸망을 환영했다.

섭장천이 이마를 찌푸리고서 자신의 생각을 말했다.

"결국 철마보가 그만큼 강하다는 말인데, 부담이 되지 않겠습니까? 용검회에서 전해온 소식으로는 천마궁과 손을 잡으려 하는 것 같다던데요."

"그냥 찢어졌다며?"

"그래도 나중에는 손을 잡을지 모르잖습니까?"

"천마궁이 철마보의 사자를 내쳤다면, 그들이 철마보를 한참 아래로 보고 있단 말이나 다름없지. 한데 내가 알기로, 철마보주 사공강은 자존심이 강해서 남의 밑으로 들어갈 사람이 아니라고 하더군. 아마 연합하기가 쉽지 않을 걸?"

제법 그럴 듯한 추론이었다.

하지만 광효는 복잡하게 생각하지 않았다.

"천마궁만 무너뜨리면 이것저것 따질 것 없는 일이다."

그렇게 할 수만 있다면 무슨 걱정일까.

하지만 천마궁은 알려진 것보다 훨씬 강했다. 자신들이 용검회와 함께 힘을 합친다 해도 쉬운 상대가 아닌 것이다.

"그런데 용검회는 계속 기다리기만 할 건가?"

사도관이 슬쩍 말을 돌리며 순우연을 쳐다보았다.

순우연이 난색을 표하며 대답했다.

"구천신교 놈들이 이차 선전포고를 해서, 어차피 움직이기가 쉽지 않은 상황입니다. 자칫하면 놈들에게 어부지리를 줄지 모르는 일 아니겠습니까?"

"그럼 구천신교가 무너질 때까지 기다리겠다는 건가?"

"그러고 싶어도 천마궁이 가만있지 않을 겁니다. 그들도 날이 풀렸으니 온몸이 근질거리지 않겠습니까."

"흠, 그도 그렇군. 그런데 왜 이렇게 지루하지? 쳐들어오려면 빨리 쳐들어오지 말이야."

저 양반도 광승과 함께 있다 보니 물들었나?

사람들은 그런 표정으로 사도관을 힐끔거렸다.

물론 사도관은 사람들의 눈길을 조금도 신경 쓰지 않았다. 신경을 쓰기는커녕 오히려 한술 더 떴다.

"언제 시간 내서 놈들이 어떻게 지내고 있는지 구경이나 해볼까?"

"예? 천마궁에 가시겠단 말씀입니까?"

"하, 하, 하, 궁주란 놈이 어떤 놈인지 보고 싶어서 말이야."

그 말이 떨어지자, 광효의 눈에서 불길이 뿜어졌다.

"언제 갈 건가? 내일 당장 가세!"

움찔한 사도관은 슬며시 고개를 돌렸다.

"내일은 좀 무리고……. 제 부인의 몸이 조금 나아지면 가도록 하지요."

천마궁주의 낯짝을 보는 것도 중요하지만, 그보다는 나민의 건강이 몇 배 더 중요했다.

요즘 들어 자꾸 속이 좋지 않다고 했다. 큰 병이 아닌지 걱정이었다.

4.

쾅!

손바닥으로 탁자를 내리친 북궁마야의 눈에서 한광이 뿜어져 나왔다.

"감히 본좌의 뜻을 거역하더니, 이젠 사혈문까지 쳐? 참으로 겁이 없는 놈들이군!"

"아무래도 뜨거운 맛을 봐야 정신을 차리려나 봅니다, 아버님."

"당연히 죄를 물어야겠지. 하지만 당장은 아니다. 사소한 일로 대세를 그르칠 수는 없는 일, 아무래도 정천맹 놈들부터 손을 봐야 할 것 같다."

"하오시면……."

북궁조의 눈에서 기광이 번뜩였다.

북궁마야는 그 사이 냉정을 되찾고 눈에서 신광을 뿜어냈다.

"서천의 혈승들이 합류하면 시작하려 했거늘, 더 이상 공격을 미루기에는 상황이 좋지 않아."

"명을 내려주십시오, 아버님!"

5.

 사혈문의 멸문 소식은 정천맹에게는 희소식이었다.

 그 소식이 전해지자마자, 제갈세가의 현무전에 정천맹의 주요인사와 벽검산장의 장주 동방력이 마주 앉았다.

 "군사는 사혈문의 멸문에 대해서 어떻게 생각하시오?"

 청무진인의 말에 제갈현종이 입을 열었다.

 "사혈문이 암암리에 구천신교와 맥이 닿아 있었다는 것은 공공연한 사실이었습니다. 그들이 멸문됨으로써 섬서와 호북 경계에 대한 우려가 사라졌으니 우리에겐 다행스런 일이 아닐 수 없습니다."

 "하나 그들을 멸문시킨 자들이 철마보요, 군사. 철마보가 그리 강하다면 더 걱정 될 일이 아니겠소?"

 "철마보는 구천신교의 연합제의를 거절한 자들입니다. 더구나 구천신교의 손발이 될지 모르는 사혈문까지 없앴으니 그들과 구천신교의 사이가 더 벌어졌을 거라는 게 저희 군사각의 판단입니다."

 "흠, 그렇긴 한데……."

 "중요한 것은, 구천신교가 보고만 있을 거냐 하는 것입니다."

 장로인 팽도산이 눈을 치켜뜨며 물었다.

 "놈들이 화풀이를 할 거라는 말이오?"

"그렇습니다. 문제는 그 대상이지요."

"설마 철마보가 아닌 다른 대상을 찾을 거라 보시는 거요?"

"그들은 자신들의 위상을 되찾고 싶어 할 것입니다. 무리를 해서라도. 문제는 그들에겐 그 정도의 힘이 있다는 것이지요."

소진도장이 이마를 찌푸리며 넌지시 물었다.

"혹시…… 그들이 이곳을 칠 거라고 생각하는 거요, 군사?"

"확실치는 않지만, 만약의 일을 생각해서 정첩당과 비영당의 맹도들을 모두 풀었습니다."

그리 생각하고 있다는 말.

둘러앉은 정천맹 장로들의 입에서 침음이 흘러나왔다.

"으음……."

남궁진명이 탁자를 손가락으로 톡톡 치며 말했다.

"허어, 놈들도 양패구상 당할 걸 뻔히 알 텐데, 그런 미친 짓을 하겠소?"

그때 아무 말 없이 앉아 있던 중년인 하나가 묵직한 어조로 입을 열었다.

"구천신교의 무리들은 예측이 불가능한 자들이지요. 만사에 모든 준비를 갖춰놓는 것이 상책이라는 생각입니다."

그는 다름 아닌 벽검산장의 장주 동방력이었다.

구천신교가 본격적으로 움직이며 호북 전체를 위협하자, 아녀자와 아이, 노인들을 등주로 피신시킨 후 주력을 이끌고 제갈세가에 합류한 것이다.

벽검산장은 구천신교의 일파인 수라곡을 멸망시킨 세력. 그의 말은 또 다른 무게로 좌중을 침묵시켰다.

제갈현종은 깊은 눈으로 그를 보며 담담히 말했다.

"그렇습니다. 유비무환이라, 미리 경계해서 나쁠 것은 없지요."

바로 그때 청무진인이 물었다.

"한데 군사, 정천단의 소집은 어떻게 되어 가고 있나?"

"안타깝게도, 현재 본래 목표의 삼 할밖에 소집되지 않았습니다."

"답답하군. 구천신교가 언제 쳐들어올지 모르는 상황이거늘……. 장로들께선 속히 본산에 연락해서 정천단의 단원들을 보내 달라 하시오."

장로들은 슬그머니 고개를 돌리며 헛기침을 했다.

"험, 지금쯤 준비하고 있을 겝니다."

"본파도 보낸다고 했는데……. 허험."

"아미타불, 사천의 상황이 워낙 안 좋다 보니 조금 늦나 봅니다, 맹주."

그나마 팽도산이 자신 있게 말했다.

"본가와의 거리가 너무 멀다 보니 늦는 것뿐, 곧 도착할 겁니다, 맹주."

하북은 구천신교에게도 먼 곳. 또한 마도십삼파에 속하는 마도문파가 없었다. 그러니 마도세력의 위협에서 영향을 덜 받는다 할 수 있었다.

청무진인이 어찌 장로들의 마음을 모를까.

구천신교의 사주를 받은 세력들이 각파의 본산을 호시탐탐 노리고 있는 터였다. 섬서는 천마궁이 도사리고 있고.

상황이 그러니 주력을 빼낸다는 게 쉬운 일이 아니었다. 심지어 자신의 사문인 화산마저 그러하거늘, 어찌 타 문파에만 제자들을 보내달라고 강요할 수 있을까.

그래도 닦달하는 것은, 경각심을 주기 위함이었다. 또한 언제든 비상 상황이 되면 즉시 움직여 달라는 뜻이기도 했다.

"모두 다시 한 번 각 사문에 연락을 취해서 이곳의 급한 상황을 알려주시길 바라겠소. 그럼 오늘 회의는 이것으로 끝내겠소."

각 파의 장로들과 동방력이 현무전을 벗어날 무렵, 제갈세가의 입구에 세 사람이 나타났다.

두 사람은 사십 대 중반의 중년인이었고 한 사람은 서른 중후반으로 보였다.

키가 큰 중년인과 삼십 대 장한은 검을 차고 있었고, 상대적으로 키가 작고 몸집이 바윗덩이처럼 단단해 보이는 중년인은 아무런 무기도 지니고 있지 않았다.

그들은 봄바람에 날리는 깃털처럼 부드럽게 걸음을 옮기며 제갈세가의 정문으로 다가갔다.
 "무슨 일로 오셨습니까?"
 정문을 지키던 위사는 자신도 모르게 정중한 어조로 물었다.
 무겁게 짓누르는 위압감은 느껴지지 않았다. 그러나 함부로 대할 수 없는 위엄이 풍겨서 말이 절로 조심스러워졌다.
 삼십 대 장한이 담담한 어조로 말했다.
 "맹주께 은선암에서 온 사람들이 뵙고자 한다고 전해주게. 그러면 아실 거네."

 현무전에는 청무진인과 남궁진명, 제갈현종과 제갈영운만이 남았다.
 그들은 식은 차로 입술을 적시며 나름대로 구천신교에 대처할 방법을 이야기했다.
 그렇게 일각 가량이 지났을 때였다. 문 밖에서 경비무사의 목소리가 들렸다.
 "맹주님께 아뢰옵니다. 은선암에서 오셨다는 분들이 맹주님을 뵙고자 합니다."
 이야기를 나누던 네 사람의 말소리가 뚝 끊겼다.
 그들은 형형한 눈빛을 나누며 고개를 끄덕였다.
 마침내 대정천의 사람들이 온 것이다.
 "안으로 모셔라."

곧 세 사람이 안으로 들어섰다.

청무진인 앞까지 다가간 그들은 포권을 취하며 인사를 건넸다.

"오랜만에 뵙습니다, 맹주. 그간 안녕하셨습니까?"

키가 큰 중년인이 청무진인을 잘 아는 듯 말했다.

청무진인은 담담히 웃었다.

"그대도 흰머리가 많이 늘었군, 추경."

키가 큰 중년인, 한추경은 담담히 웃으며 말했다.

"세월이 어디 저만 비켜가겠습니까?"

"그래, 천주께선 안녕하신가?"

"제갈 사형의 일 때문에 걱정하는 것 외에는 여전하시지요."

"으음, 그 일에 대해선 빈도도 할 말이 없군."

"제갈 사형다운 일일 뿐이지요. 맹주님께서는 너무 깊게 마음 쓰지 마십시오."

청무진인의 입가에 쓴웃음이 맺혔다.

제갈신운의 일은 그로서도 안타까운 일이었다.

그냥 지나칠 수도 있는 걸 제갈신운이 너무 예민하게 받아들이고 섣부른 행동을 한 것이 아니냐 하는 말들이 많았다.

그러나 지켜야 할 것은 지켜야 했다. 지켜야 할 것을 지키지 못하면 정천맹의 존립의미 자체가 없었다.

하기에 그는 남궁성과 우경도장을 해임하지 않을 수 없었다.

"언젠가는 돌아오겠지."

은선암에서 찾아온 세 사람이 현무전에 들어가던 그 시각. 제갈유는 충혈 된 눈으로 멍하니 술병을 바라보았다.

매끄러운 술병의 표면에 한 여인의 얼굴이 떠올랐다.

'소연, 당신이 보고 싶소.'

벌써 몇 달째, 아무것도 손에 잡히지 않았다.

잊으려 할수록 천진난만한 그녀의 얼굴이 더욱 가슴 깊숙이 떠올랐다.

훌쩍 집을 떠나 동정호로 가볼까 하는 생각도 몇 번이나 해봤다. 삼령도의 정확한 위치는 모르지만, 악양에만 가면 삼령도를 찾아가는 건 어렵지 않을 것이었다.

그러나 구천신교와의 결전을 눈앞에 두고 자신의 욕심만 챙길 수는 없는 일이었다.

그리고 무엇보다, 그렇게 갔는데 적소연이 외면할까 봐 두려웠다.

'사도무영, 그를 찾아야 해. 그에게 허락을 받고 가면 소연이도 외면하지 않을 거야. 방법은 그것밖에 없어.'

문제는 그가 사라진 지 벌써 석 달이나 되었는데도 행방을 알 수 없다는 것이었다.

"제기랄."

그가 술병을 움켜쥐는데 방문이 열리고 한 사람이 들어왔다. 동방경이었다.

"제갈 아우, 무슨 고민을 그리 하는가?"

동방경이 그에게 다가가며 넌지시 물었다.

"별일 아닙니다."

벽검산장의 옥룡 동방경. 제갈세가에 모인 모든 정파의 젊은이들 중 가장 선두에 서 있는 자.

제갈유는 그를 마주할 때마다 자신이 왜소하게 느껴졌다. 사도무영을 대했을 때와는 또 다른 느낌이었다.

"하하하, 제갈세가의 제일기재라는 자네가 그리 의기소침해하다니. 고민이 있으면 말해보게. 종잇장도 맞들면 낫다는 말이 있잖은가."

갈등이 일었다. 자신의 고민을 누군가에게 털어놓고 싶었다. 그러면 시원할 것 같았다.

동방경이라면 자신을 도와줄 수 있지 않을까?

제갈유는 입술을 깨물었다.

그래, 털어놓고 조언을 구해보자.

그는 동방경을 바라보았다. 조용히 웃고 있는 모습이 보였다. 뭘 말해도 들어줄 것 같은 표정.

"형님, 혹시 여자를 그리워해 본 적이 있습니까?"

"여자? 하하하하! 그런 문제였나? 내 비록 여자를 그리워하며 고민해 본 적은 없지만, 어설프게나마 자네의 마음을 알 것도 같군. 어디 말해보게. 혹시 아나? 내가 자네를 도와줄 수 있을지."

"좋습니다, 다 말씀 드리죠. 대신 웃으면 안 됩니다?"

"알겠네. 내 절대 웃지 않지."

제갈유는 술잔에 술을 채우고는, 파문이 이는 술잔을 내려다보며 입을 열었다.

"그러니까, 작년 겨울이었습니다. 그녀가 저희 집에 왔는데……."

제갈유는 말을 하다 말고 멈칫했다. 사도무영의 목소리가 머릿속에서 울렸다.

"어떤 일이 있어도 나와 만난 이후의 일을 다른 사람에게 말해선 안 되오. 특히 삼령도의 일은 절대 하지 마시오. 알겠소?"

하지만 술에 취한 그는 곧 고개를 저었다.

혼자 가슴에 끌어안고 있기가 너무 힘들었다. 동방경은 자신이 형처럼 생각하기로 한 사람, 이야기해도 괜찮을 것 같았다.

"형님, 지금부터 하는 이야기는 누구에게도 하면 안 됩니다. 아셨죠?"

"하하하, 걱정 말게. 내 이름을 걸고 약속하지. 정 나를 믿을 수 없으면 이야기하지 말게."

"아닙니다. 제가 왜 형님을 믿지 못하겠습니까?"

제갈유는 얼굴을 붉히며 손을 저었다. 그리고 다시 이야기를 이어갔다.

"그녀를 처음 본 순간 마치 꿈을 꾸는 기분이었습니다. 결국 저는 사도 형을 졸라서……."

그는 몰랐다. 입을 연 순간부터 이미 비밀은 비밀이 아니라는 걸.

"그렇게 악양에 갔는데……."

제갈유의 이야기가 길어질수록 동방경의 눈 깊은 곳에서 한 광이 번뜩였다.

제4장

사도관은 진령을 넘고……

1.

사도무영은 철마보에 돌아온 후 귀만 열어두었다.

그 바람에 바빠진 것은 만소개였다.

만소개는 사혈문을 공격할 때도 참가하지 않고, 오직 정보를 모으는 일에만 열중했다.

덕분에 사흘이 지날 무렵에는 각 세력의 정황을 속속들이 알 수 있었다.

사도무영은 제갈신운과 함께 만소개가 가져온 소식을 들었다.

"구천신교의 움직임이 심상치 않수. 사혈문의 멸문에 자극을 받았는지 공격을 앞당기려는 것처럼 느껴집니다요. 일단 정천맹에 그들의 움직임을 알려주긴 했는데, 어떻게 나올지 그건 아직 모르겠수."

"천마궁은?"

"궁주가 모습을 드러냈습니다요."

사도무영의 눈 깊은 곳에서 기광이 흘렀다.

"그럼 뭔가 움직임이 있겠군요."

"한중과 석천의 천마궁 무사들이 영섬으로 집결하는 걸 봐선 곧 장안을 칠 거 같은데……."

"용검회의 총단은 알아냈소?"

"장안에 있다는 소문만 무성할 뿐 정확한 것은 알려지지 않았습죠. 그런데 최근 들어서 포검산장이 용검회의 총단이라는 소문이 돌고 있습니다요."

"포검산장?"

"장안에서 구십 리 정도 떨어진 호현 남쪽에 있는데, 수백 년 전부터 지방 토호세력으로 알려져 있습죠."

그동안 세상에 알려지지 않았던 용검회의 총단이 너무 쉽게 알려졌다.

섭장천 등이 밝혀낸 걸까, 아니면 정천맹이 용검회와 손을 잡기 위해서 찾아낸 걸까?

어쨌든 중요한 것은, 용검회의 총단이 무너질 가능성이 다분하다는 것이다.

'내가 본 천마궁은 용검회의 반쪽만으로 상대할 수 있는 곳

이 아니야.'

사도무영은 눈을 가늘게 좁히고 만소개에게 물었다.

"영섬에서 그곳까지는 얼마나 됩니까?"

"진령산맥만 넘으면 되니 그렇게 멀지 않습니다요."

"흐음, 그럼 그곳이 무너지면 장안도 천마궁에게 넘어간다고 봐야겠군요."

제갈신운도 걱정되는지 곤혹스런 표정을 지었다.

"용검회가 무너지면 상황이 심각하게 흘러갈 거네."

"맞습니다. 제가 본 그들은 구천신교에 비교될 만큼 위험한 자들이었지요. 용검회와 화산, 종남이 손을 잡아도 막아낼 수 있을지 지금으로선 장담할 수가 없습니다."

"그 정도란 말인가?"

"그나마 구천신교와 천마궁이 손을 잡지 않았다는 게 다행이지요."

"그것도 아직 모르는 일이 아닌가?"

사도무영은 검지를 구부려 탁자를 톡톡 쳤다.

그리고 곧 자신의 생각을 말했다.

"제가 본 그들은 구천신교와 많이 달랐습니다. 보이지 않는 어떤 선이 그들 사이에 그어져 있다고나 할까요? 어지간한 일이 아니면 융화되지 못할 겁니다."

"서로의 이익을 위해서라면 잠시 손을 잡을 수도 있는 일 아닌가?"

"그게 묘합니다. 그럴 거라면 천마궁이 처음부터 일언지하에 거절하지 않았을 것 같거든요. 구천신교의 심기를 건드려 놓고 이제 와서 이익을 위해 손을 잡는다? 글쎄요. 구천신교는 몰라도, 천마궁은 그럴 것 같지가 않습니다. 뭐 서로를 침범하지 않겠다는 것이라면 몰라도."

비록 조약을 맺은 것은 없지만, 현재도 서로간의 불침을 무언중에 이행하는 상태다. 당분간 그에 대해선 크게 염려하지 않아도 될 것 같았다.

"좌우간, 중요한 것은 천마궁이 용검회와 종남을 치고 장안을 장악했을 경우입니다. 쌍방이 엄청난 피해를 입으면 결국 구천신교가 섬서로 올라올 구실만 만들어줄 뿐이지요. 저는 일단 그것부터 막아볼 생각입니다."

"그게 가능하겠나?"

사도무영은 잔잔한 미소를 지으며 말했다.

"못할 것도 없지요. 힘이 비슷할 때는 한쪽에 약간의 힘만 더해져도 상황이 완전히 달라지는 법. 사혈문을 단숨에 무너뜨린 철마보라면 그 정도 역할은 하지 않겠습니까?"

"그건 그렇네만……."

"먼저 천마궁주 앞으로 서신이나 하나 보내야겠습니다. 저를 박대했으니 그에 대한 답을 주어야지요."

제갈신운은 감탄한 표정으로 사도무영을 바라보았다.

천마궁과 용검회, 화산, 종남. 하나하나가 천하를 좌지우지

하는 거대세력들이다. 한데 사도무영은 그런 세력들에 대한 대처를 구역싸움이나 하는 삼류문파 상대하듯이 간단하게 말하는 것이 아닌가.

더 어이없는 건, 그의 말이 그럴 듯하게 들린다는 것이다.

'충분히 가능한 일이다. 사혈문을 단숨에 무너뜨린 철마보가 용검회를 돕는다고 하면 천마궁도 사실을 알 때까지 함부로 움직이지 못할 터. 허어……'

그렇게 단순한 방법으로 천마궁의 발길을 막다니.

'가만? 혹시 그렇게 하기 위해서 사혈문을 먼저 친 건가?'

그럴 가능성도 없지 않다.

제갈신운은 쓴웃음을 지으며 고개를 저었다.

가면 갈수록 사도무영이 크게 보였다.

그때 사도무영이 말했다.

"그 전에 먼저 화산파와 종남파 대 철마보와의 관계를 정리해야겠습니다."

"화산과 종남을? 어떻게 말인가?"

"철마보가 공격하지 않는다는 확신만 서면, 화산파와 종남파도 천마궁을 상대하는 일에 전적으로 매달릴 수 있을 겁니다. 하다못해 구천신교를 상대하는 일에 단 몇 명이라도 제자들을 보낼 수 있을 것이고요."

"으음, 그건 그렇지."

그건 분명한 사실이다. 정천맹으로서도 환영할 것이고.

거기다 정천맹의 철마보를 보는 시선이 달라질지도 모른다.

일석삼조(一石三鳥).

제갈신운이 내심 수긍하며 고개를 끄덕이는데, 사도무영이 넌지시 말했다.

"제갈 대협께서 화산파를 맡아주십시오. 제가 종남파를 다녀오겠습니다. 가는 김에 용검회에 대한 것을 더 자세히 알아봐야겠습니다."

섭장천 일행에 대한 것도.

"어째 얼굴을 팔라는 말처럼 들리는군."

제갈신운이 묘한 표정을 지으며 말했다.

사도무영은 씩 웃으며 그의 말을 인정했다.

"맞습니다. 저야 뭐 알아주지도 않겠지만, 제갈 대협은 다르지요. 아마 화산파도 제갈 대협의 말을 반길 겁니다. 손해날 일이 없으니까요."

제갈신운은 사도무영에게 완전히 손을 들었다.

"나야 그렇다 치고, 종남이 자네 의견을 받아들이지 않으면 어떻게 할 건가?"

사도무영에 대해 아는 사람은 많지 않다. 본산에 있는 자들일수록 더 그렇다. 종남도 마찬가지일 것이다.

제갈신운은 종남파가 걱정되었다.

힘이든 머리든, 고리타분한 종남의 도사들은 사도무영의 상대가 아니었다.

"일단 만소개 형을 데리고 갈 생각입니다. 알지도 못하는 사람이 말하는 것보다 개방 상장로의 제자가 말하는 게 더 낫지 않겠습니까?"

그래도 말을 안 들으면 뒤집어버리지 뭐.

만소개는 사도무영과 함께 장안으로 가는 걸 대환영했다. 아무래도 거지에게는 무공광들만 있는 철마보보다 온갖 군상이 다 있는 장안이 훨씬 더 즐거운 곳이었다.

"만약 종남이 사도 형이나 내 말을 의심하면, 종남은 일 년 내내 거지들에게 시달려야 할 거유. 장안의 거지들을 모조리 종남으로 보낼 테니까."

2.

"와하하하하!"

위지양은 사도무영이 보낸 서신을 보고 웃음을 터트렸다.

백궁명과 혁거붕은 그가 웃음을 멈출 때까지 기다렸다.

위지양은 한참이 지난 후에야 서신을 내려놓고 두 사람에게 물었다.

"어떻게 생각하시오?"

백궁명이 쓴웃음을 지었다.

"인정하긴 싫지만, 정말 그가 철마보와 함께 용검회를 돕는다면 저희로선 상당히 곤란한 상황에 처할 것입니다."

혁거붕은 위지양을 빤히 쳐다보며 곤혹스런 표정으로 물었다.

"궁주, 왜 그에게 알리지 않는 것입니까?"

"그는 무조건 나를 따를 사람이 아니오. 그렇다고 해서 본궁이 그의 뜻대로 움직일 수도 없는 일이고 말이오."

잠시 말을 끊은 위지양은 사람들을 둘러보며 낭랑하면서도 힘이 실린 목소리로 말을 이었다.

"그대들에게 이 점만은 분명하게 말할 수 있소. 본인은 수천 천마궁도의 염원을 사사로운 관계 때문에 포기하지 않을 것이오! 만약 그가 내 적으로 나타난다면……, 나는 그와 싸울 것이오!"

천마궁의 간부들이 격동한 표정으로 소리치며 예를 표했다.

"궁주!"

"어떤 결정을 내린다 해도 궁주의 뜻에 따르겠소이다!"

그 와중에도 염려하는 사람들이 몇 있었다. 백궁명도 그러한 사람 중 하나였다.

"궁주, 굳이 그렇게까지 하실 필요는……."

사도무영이 걱정되어서 그런 것만은 아니었다. 그는 쉽지 않은 상태, 천마궁에 상당한 부담이 될 게 분명했다. 그러니 적으로 삼기보다 어떻게든 끌어들이는 게 나은 것이다.

위지양은 백궁명의 염려를 짐작한다는 듯 웃음을 터트렸다.

"하하하, 너무 걱정하지는 마시오. 내 비록 말은 그렇게 했지만, 그는 나를 적으로 삼을 사람이 아니니까. 그가 정말 내 적이 될 사람이었다면, 이런 서신을 보내지도 않았을 것이오. 그냥 용검회와 손을 잡아버렸지."

그건 그렇다. 서신을 보낼 필요도 없이 용검회와 손만 잡아도 목적이 충분히 달성되었을 테니까.

백궁명이 보다 편한 표정으로 물었다.

"장안을 치려던 계획은 어떻게 하실 생각이십니까?"

"시간이 늦추어지는 것뿐 계획은 예정대로 진행될 거요. 구천신교의 움직임도 심상치 않으니 그것도 괜찮을 것 같소만."

"언제까지 기다리실 생각이신지요?"

"곧 강호에 한 차례 태풍이 몰아칠 거요. 그러면 자연스럽게 움직일 수 있는 기회가 생길 거요. 너무 급하게 생각하지 말고 그동안 힘을 키우는데 전력을 다해 주시오."

"예, 궁주."

백궁명이 고개를 숙이는데 혁거붕이 슬쩍 물어보았다.

"구천신교와는 정말로 끝까지 손을 잡지 않으실 생각이십니까?"

위지양은 단호하게 말했다.

"그들은 욕심이 많은 자들이오. 항상 우리의 등에 비수를 꽂을 생각만 할 거요. 나는 그런 자들과 손잡고 싶은 생각이 눈곱만큼도 없소."

형제처럼 지내던 사천의 당가에게 배신의 아픔을 맛본 그가 아닌가. 다시는 그런 일을 겪고 싶지 않았다.

자신의 생각을 확고하게 밝힌 위지양은 그쯤에서 화제를 돌렸다.

"그보다 장안표국에 수상한 자들이 머물고 있다는데, 그게 무슨 소리요?"

백궁명이 이마를 좁힌 채 입을 열었다.

"용검회 용천단주 순우겸의 아들이 장안표국에 머물고 있는 것을 이상히 여겨서 조사하다 알아낸 사실입니다. 몇 달 전부터 장안표국에 수상한 자들이 머물고 있는데, 그 중 하나가 호남제일검으로 불리는 남천영검 섭장천이라 합니다. 문제는 섭장천조차 윗사람으로 깍듯이 모시는 사람들이 그곳에 있다는 것입니다."

"흐음, 장안표국에 뭐가 있어서 그런 사람들이 모인 거요?"

"장안표국과의 관계는 잘 모르겠습니다만, 최소한 용검회와 어떤 관련이 있는 것만큼은 분명해 보입니다. 그러니 순우겸의 아들이 그곳에 머물고 있는 것 아니겠습니까?"

"그들의 정체에 대해선 조사해 보았소?"

"평범하게 보이는 중년인과 괴상하게 생긴 중이온데, 강호에 일체 알려지지 않은 자들이라 합니다."

"그거 이상한 일이군요. 섭장천이 고개를 숙일 정도라면 결코 평범한 자들은 아닐 것이 분명한데……."

"저희도 그래서 예의주시하고 있습니다."

위지양은 눈을 가늘게 뜨고 허공을 바라보았다.

그리고 곧 차가운 어조로 입을 열었다.

"용검회와 관련되어 있다면 어차피 우리의 적이 될 가능성이 높은 자들, 위협이 되기 전에 미리 제거하도록 하시오."

"알겠습니다, 궁주."

"그 일은 총호법이 알아서 하시오. 백마를 움직여도 되오."

백궁명이 흠칫하며 눈을 들었다.

"굳이 그럴 필요는……."

"방심하다 실패하는 것보다는 나을 거요. 그들에게 바람을 쐬게 해주는 것도 괜찮을 것 같고 말이오."

"하긴 그것도 그렇군요. 그럼 명대로 그들 중 몇을 뽑아서 보내도록 하겠습니다."

3.

사도관은 검을 옆구리에 척 매고 환한 표정으로 나민을 바라보았다.

"그럼 다녀오겠소."

"조심해서 다녀오세요."

"하, 하! 걱정 마시오. 살짝 구경만 하고 올 거니까."

사도관은 호탕하게 웃었다.

위험을 자초하고 싶은 마음은 손톱의 때만큼도 없었다. 그저 나들이 가는 기분으로 가는 것뿐이었다.

봄바람이 살살 부는 기가 막힌 날씨다. 이런 날 미쳤다고 인상 쓰며 싸운단 말인가.

그런 놈은 풍류를 모르는 놈이었다.

"험, 당신은 마음 편히 이곳에서 쉬고 있어요. 정 심심하면, 강후와 아이들을 데리고 장안구경을 하구려."

사도관의 따뜻한 말투에 나민은 마냥 행복했다.

"제 걱정은 마세요."

밖으로 나가자 광효와 섭장천, 단학과 순우연이 기다리고 있었다.

많이 가봐야 천마궁에게 자신들을 드러내는 꼴밖에 안 될 터. 영섬에는 그들 다섯만 가기로 했다.

"다 준비 됐습니까? 됐으면 그만 가죠."

사도관이 마치 지휘자라도 된 것처럼 말했다.

'준비는 무슨. 혼자 시간 다 끌어놓고……'

단학은 힐끔 사도관을 흘겨보고는 몸을 돌렸다.

반면 섭장천은 이제 몸에 익어서 그러려니 했고, 광효는 잔뜩 흥분한 표정이었다.

드디어 천마궁으로 가는 것이다.

"아, 미, 타, 불! 어서 가자!"

사도관은 그런 광효가 조금 불안했다.

'저 양반, 설마 무작정 싸우자고 덤비는 건 아니겠지?'

어쩌면 나민이 걱정하는 것도 광효 때문일지 모른다는 생각이 들었다.

그는 광효에게 다시 한 번 당부했다.

"승 형, 절대 내 말에 따라줘야 합니다. 아셨죠?"

"걱정 마라. 빈승도 그리 무모하지는 않으니까."

'글쎄……. 마기만 느끼면 눈에서 불을 뿜어내니 믿을 수가 있어야지?'

하지만 어쩌랴, 놔두고 가면 더 불안한데.

혼자 천마궁에 쳐들어간다고 하면 정말 큰 문제였다.

장안표국을 나선 다섯 사람은 순우연의 길안내를 받아 영섬으로 향했다.

화창한 하늘은 맑은 호수처럼 파랗게 물들어 있었다.

검으로 꽉 쑤시면 파란 물이 덩어리째 쏟아질 것 같았다.

"거 날씨 한 번 끝내주네."

순우연이 사도관의 기분을 맞춰주었다.

"봄에는 황사바람이 많이 부는데, 요즘은 하늘이 정말 맑군요. 하하, 아마 하늘도 사도 대협께서 먼 길을 가신다는 걸 아는 모양입니다."

섭장천과 단학이 그런 순우연을 슬쩍 쳐다보았다.
그들은 순우연이 왜 아부성 짙은 말을 하는 지 잘 알고 있었다.
며칠 전 사도관이 딸에 대해 말해 주었다.

"솔직히 내 딸이어서 그런 게 아니고, 진짜 예쁘다네. 낙양제일미인으로 불릴 정도지. 어때, 소개시켜 줄까? 대신 나에 대해서 다른 사람에게 말하면 안 되네. 알았지?"

그러고는 자신의 큰마누라가 천보장의 주인이라는 말을 해 주었다. 딸의 이름이 사도교교라는 것도. 성깔이 좀 있다는 것은 당연히 빼고.
물론 천보장을 떠나온 이유에 대해서도 조금 다르게 말했다.
사내대장부로서 의와 협을 이행하며 살고 싶어 잠시 천보장을 떠나왔다고 말이다.
순우연은 그 이후 사도관 옆에 찰싹 달라붙었다.
그도 혼기가 찬 젊은이답게 낙양 천보장의 사도교교에 대한 소문을 들은 적이 있는 것이다.
낙양일봉(洛陽一鳳) 사도교교.
나이 열일곱에 이미 낙양제일미인으로 불리는 여인.
사도관이 설마 그녀의 부친이었을 줄이야!
섭장천은 순우연의 그런 행동을 보고 그럴 수도 있다고 생각했다. 자신이 총각이라면 같은 마음이었을 테니까.
하지만 단학은 웃음이 나와 미칠 것 같았다.

'킬킬킬킬, 교교 아가씨가 예쁘긴 하지. 낙양제일이라고 불릴 만큼. 그런데 네가 아가씨의 그 성질을 견딜 수 있을지 모르겠다.'

자신이라면 사흘을 견디지 못하고 미칠 텐데!

그런데 그가 자각하지 못하는 사실이 있었다.

사도교교보다 성질이 더 괴팍한 이영영을 자신이 좋아하고 있다는 걸.

그것도 십 수 년 동안!

어쨌든 다섯 사람은 그렇게 파란 하늘을 벗 삼아 계속 서남쪽으로 내려갔다.

그리고 오시 무렵, 장안의 남쪽을 두르고 있는 웅장한 진령산맥 앞에 도착했다.

사도관은 동서로 끝없이 뻗은 진령을 보고 감탄한 표정을 지었다.

"흠, 언제 봐도 정말 멋지단 말이야."

순우연이 몇 마디 덧붙였다.

"태백에서 종남을 거쳐 화산까지 이어져 있으니 그 규모도 대단하지요."

그 뿐이랴, 서쪽으로 곤륜산맥, 남쪽으로는 대별산맥, 동쪽으로는 복우산맥과 이어져 있다. 한때 천하의 중심이었던 장안이 진령자락에 자리 잡은 것에는 그만한 이유가 있는 것이다.

그때 문득, 사도관은 화산과 종남이라는 말을 듣고 고개를 모로 꼬았다.

"맞아, 화산파와 종남파가 용검회와 손을 잡으려 한다던데, 사람을 보내 왔나?"

"어제 아침에 은밀하게 찾아왔다고 합니다."

"그래?

사도관의 눈이 순우연을 향했다. 그걸 왜 이제 말하지? 꼭 그런 표정이었다.

움찔한 순우연이 급히 변명했다.

"저도 아직 어떤 이야기가 오갔는지 확실한 상황을 몰라서, 좀 더 자세히 안 다음에 말씀드리려 했습니다. 하하, 그런데 대협께서 먼저 아셨군요. 역시 뛰어나십니다."

그는 이제 어떻게 하면 사도관을 기분 좋게 할 수 있는지 잘 알고 있었다.

아니나 다를까, 사도관은 순우연이 슬쩍 띄워주자 바로 기분을 풀었다.

"뭐 그렇다면 어쩔 수 없지. 자, 가자고."

섭장천과 단학은 웃음이 나오려는 것을 참고 걸음을 옮겼다. 광효야 신경도 쓰지 않았지만.

사도관이 일행과 함께 종남산 서쪽의 진령으로 들어간 직후였다.

사도관 일행이 멈춰 서 있던 곳으로부터 우측으로 이백여 장 떨어진 숲속에서 나직한 목소리가 오갔다.

"조가야, 저놈들……. 총호법께서 말씀하신 놈들하고 비슷한데?"

숲속에는 열세 명이 있었는데, 삼십 대의 장한과 사십 대의 중년인이 주를 이루었다. 입을 연 자는 그 중 뱀눈을 한 중년인이었다.

그가 눈을 가늘게 뜨고 말하자, 검은 얼굴의 중년인이 곤혹스런 표정으로 대답했다.

"그러게. 조금 맹하게 보이는 중년인하고, 광기가 흐르는 미친 중. 거기다 젊은 놈까지. 영락없는데? 얼굴이 묘한 놈도 하나 있고 말이야."

그들은 사도관 일행이 관도를 따라오는 것을 한참 전부터 지켜보고 있던 터였다. 무기를 든 무사들인데다가, 표홀한 걸음걸이가 예사롭지 않아 보인 것이다.

하지만 처음에만 해도 깊게 생각하지 않았다. 그냥 지나가는 자려니 했으니까.

한데 거리가 가까워지면서 그들의 눈에 힘이 들어갔다. 다른 사람은 몰라도, 광기가 흐르는 광승만큼은 결코 자신들의 아래가 아닌 것으로 보인 것이다.

그리고 곧, 백궁명이 말한 인상착의가 다가오는 자들의 모습과 겹쳤다.

그들은 그때부터 기척을 죽이고, 나무 뒤에 몸을 숨긴 채 상대의 모습을 살펴보았다. 아무래도 백궁명이 말한 자들 같았다.

"저놈들, 장안표국에 있다고 했는데 왜 여기에 나타난 거지?"

"그걸 내가 어떻게 아나? 좌우간 진짜 그놈들이라면 잘 된 일 아닌가? 장안까지 갈 필요도 없으니까 말이야."

뱀눈의 중년인, 백마 중 서열 팔위인 마득인은 한참을 생각하더니 자신의 생각을 말했다.

"저놈들이 어디를 가려고 진령으로 들어가는 것 같은가?"

검은 얼굴의 중년인, 백마 중 서열 십일위이자 마득인의 절친한 친구인 조철은 이마를 찌푸리고 턱을 쓰다듬었다.

그때 두 사람의 뒤에 있던 삼각턱의 중년인이 말했다.

"설마…… 영섬으로 가는 것은 아니겠지?"

마득인의 눈빛이 싸늘하게 가라앉았다.

"씨발, 이거 장안에 가보지도 못하고 되돌아가야 하는 거 아냐?"

"뒤쫓아 가서 대충 처리하고, 장안에서 한 이틀 놀고 가면 어떻겠나?"

조철이 의견을 내놓았다.

마득인은 그 의견이 마음에 들었다.

"좋아, 그럼 궁주님도 뭐라고 하지 않겠지. 바람도 쐴 겸 갔다 오라고 했다니까 말이야."

"흐흐흐흐, 장안에는 이쁜 계집들이 사방에 널렸다는데, 밤

새 몸 좀 풀어야겠군."

조철과 삼각턱을 지닌 중년인이 마득인의 말에 한껏 즐거워했다.

"킬킬킬, 나는 오랜만에 짜릿한 손맛 좀 봐야겠어."

"장소귀, 노름으로 날밤 새다가 약속시간에 늦으면 안 된다는 점 명심해."

"걱정 말게. 시간 맞춰 끝낼 테니까."

그들은 고기가 익지도 않았는데 이부터 쑤시고 봤다.

생각은 자유니까.

마득인은 셋의 의견이 일치되자 뒤에 늘어서 있는 자들을 쳐다보았다.

"결코 약한 놈들이 아니다. 추적은 최대한 은밀하게 하고, 명이 떨어지면 확실하게 끝맺음하도록."

열 명 중 수장으로 보이는 오십 초반의 초로인이 고개를 끄덕였다.

"염려 마시게. 우리 귀살조의 능력을 확실하게 보여주지."

4.

진령은 웅장한 산세만큼이나 계곡은 깊고, 고개는 높았다.

사도관 일행은 근 두 시진에 걸쳐 종남산 서쪽 계곡을 통과

하고 고개 정상에 도착했다.

고개 정상에서 주위를 둘러본 사도관이 감탄을 터트렸다.

"정말 굉장하군!"

남쪽으로 광활하게 펼쳐진 산세가 그들을 반겼다. 하지만 그것도 동쪽과 서쪽으로 펼쳐진 산세에 비하면 아무것도 아니었다.

다섯 사람은 모두 각자의 생각에 젖은 채 진령을 감상했다.

'우하하하! 철혈신마여, 기다려라! 나, 사도관이 간다!'

'마인들은 모두 때려죽이리라!'

'드디어 회오리의 중심으로 뛰어드는 것인가?'

'지미, 아무래도 기분이 안 좋아. 이거 괜히 따라온 거 아냐?'

'사도교교, 그녀라면 아버지도 좋아할 거야. 진령의 산신이시여, 제 꿈을 이루게 해주소서!'

역시나 사도관이 제일 먼저 출발을 알렸다.

"자, 철혈신마의 낯짝을 보러 가세!"

'쓰벌, 멀리서 구경만 하자고 해놓고……'

단학은 가자미눈으로 사도관을 흘겨보고 걸음을 옮겼다. 가기 싫어도 별수 없었다.

그래도 설마 천마궁으로 직접 뛰어드는 미친 짓은 하지 않겠지.

한데 고개를 넘어 남쪽으로 십 리쯤 내려갔을 때였다. 사도관이 목을 좌우로 돌리며 말했다.

"왜 이리 뒷목이 땅기지?"

단학이 슬쩍 놀리듯 물었다.

"대공, 어젯밤에 너무 무리하신 거 아닙니까?"

"무리? 부인의 몸이 안 좋아서 한 시진밖에 안 했는데?"

헉!

단학과 섭장천의 몸이 움찔거렸다.

'제길, 나는 젊을 때도 이각을 못 버텼는데……'

'그럼 몸이 좋을 때는 얼마나……?'

광효는 오직 마인을 때려잡을 것만 생각했고, 순우연은 뭔 말인지 몰라 사도관과 단학을 번갈아보았다.

사도관은 별것도 아니라는 듯 말하고는 광효에게 물었다.

"승 형, 내가 이런 기분일 때는 꼭 어떤 놈들이 뒤통수를 노리던데 말이죠."

광효는 광기가 넘실거리는 눈을 빛내며 뒤를 획 돌아다보았다.

하지만 아무것도 느낄 수가 없었다.

만약 적이 있다면, 자신을 속일 정도의 고수이거나, 추적을 느낄 수 없을 정도로 멀리 있다는 뜻이었다.

"아무도 없다. 일단 천마궁이 있는 곳까지 가보자."

사도관은 그래도 찜찜함이 안 가시자 뒤쪽을 향해 소리쳤다.

"어떤 놈이든, 남자새끼면 정면으로 달려들어라! 계집만도 못하게 몰래 뒤통수치려고 하지 말고! 내 마누라도 나 때릴 때는 정면에서 때리거든!"

사도관의 목소리가 메아리치며 진령의 봉우리 사이로 퍼져 나갔다. 아마 적이 정말로 있다면 똑똑히 들었을 것이었다.

"후우, 속이 좀 시원하군."

다시 조금 전의 모습으로 돌아간 사도관은 뒷짐을 지고 고개를 내려갔다.

순우연은 고개를 갸웃거리며 그 뒤를 따라갔다.

'무슨 말이지? 설마 정말로 때린다는 말은 아니겠지.'

그때라도 확인했어야 하거늘…….

'훗, 나도 참. 사도 대협 같은 고수가 부인에게 맞는다는 게 말이 되나?'

바위 뒤에 숨어 있던 마득인과 조철과 장소귀는 숨을 멈추고 바위에 바짝 몸을 붙였다. 귀살조는 땅에 엎드리고.

그들은 사도관이 보이지 않을 즈음에야 숨을 쉬었다.

"개자식, 어떻게 알았지?"

"정말 눈치챈 것이 아니라, 떠보는 걸지도 모르잖나?"

"마누라한테 얻어맞으면서 사는 놈 같은데, 설마……?"

마득인은 뱀눈을 좌우로 굴리고는 잇새로 말했다.

"안 되겠어. 일단 놈들을 시험해 보자."

"종남 놈들이 눈치채면 귀찮아지지 않을까?"

조철의 질문에 마득인이 비릿한 조소를 지었다.

"자라처럼 목을 쏙 집어넣고 있는 놈들이다. 나타나려 했으면 진즉 나타났겠지."

그리고는 귀살조의 조장인 채각상을 바라보았다.

"당신 애들 두엇 보내서 시험해 보자고."

채각상은 마다하지 않았다. 수하들이 목표를 잡으면 백마의 이름이 땅에 처박히는 거고, 져도 별 부담이 없었다.

"알겠네. 너, 너, 너. 너희들이 앞서 가서 놈들에게 시비를 걸어라. 정 안 되겠으면 즉시 물러나도록."

냉막한 표정을 한 장한 셋이 고개를 숙였다. 그리고 아무런 반문도 없이 곧장 사도관 일행의 뒤를 쫓았다.

마득인이 그 모습을 보고 나직이 감탄성을 흘렸다.

"흠, 제법인데? 명에 무조건 복종한다, 이거지?"

언덕길을 거의 다 내려갔을 때였다.

"잠깐 걸음을 멈춰라!"

커다란 목소리가 사도관 일행의 걸음을 멈추게 했다.

걸음을 멈춘 사도관은 머리를 반쯤 기울이고 앞을 바라보았다.

제법 칼 좀 쓰게 생긴 세 놈이 갑자기 튀어나와 앞을 막는다.

처음 보는 놈들이다.

하지만 그는 셋의 정체를 조금도 궁금해 하지 않았다.

"천마궁의 무사냐?"

"그렇다."

"네놈들이 뒤에서 쫓아왔냐?"

"좋을 대로 생각해라."

"그럼 계속 쫓아올 것이지, 왜 갑자기 나타난 것이냐? 계집만도 못한 놈 취급받기 싫어서 나왔냐?"

계속 놈, 놈 하니 듣는 놈들도 기분이 좋지 않았다.

그래도 명색이 천마궁의 정예 중 정예인 귀살조의 일원이 아닌가 말이다.

"거 주둥이가 우리 못잖게 더럽군. 강호인이 입으로 싸울 일 있나?"

한 놈이 제법 자존심을 세운다.

사도관은 씩 웃으며 고개를 끄덕였다.

"그럼, 그럼. 싸울 거면 입으로 떠들 것 없지. 어이, 단 형!"

'또 나군.'

단학은 속으로 불만이 많았지만 아무런 표도 내지 않고 앞으로 나섰다. 대신 순우연을 끌어들였다.

"보통 놈들이 아닌 것 같군. 시간이 걸릴 것 같으니 함께 손을 쓰지."

"그럴까요?"

순우연도 마다하지 않았다.

만난 지 벌써 몇 달이 되었는데도 자신의 실력을 뽐낼 기회가 없었다. 이 기회에 자신의 실력을 보여주고 싶었다.

사도관은 순우연이 나서는 것을 말리지 않았다.

'아암, 남자가 적을 무서워해선 안 되지. 저런 놈들 정도에 겁을 먹으면 나중에 교교를 어떻게 상대하려고?'

그때 도를 뽑아든 단학이 귀살조의 장한들을 향해 몸을 날렸다.

칼을 뽑은 이상 가장 빨리 적을 제압하는 것. 그에게는 그것이 정도였다.

순우연도 뒤질세라 검을 뽑아들고 장한 하나를 맡았다.

서로 간의 인사말 하나 없이 검광 도광이 충천했다.

하긴 무슨 말이 필요하랴! 서로 죽이기 위해 도검을 휘두르는 판인데!

순우연의 실력은 용검회의 기재다웠다.

삼 초가 지날 무렵에 승기를 잡더니, 오 초가 흐르자 확실하게 상대를 몰아붙였다. 그리고 십 초가 지나자, 두 사람을 상대하는 단학을 도울 정도로 여유를 부렸다.

귀살조 세 장한은 이를 악물고 두 사람을 상대했다.

하지만 단학과 순우연은 그들이 상대할 수 있는 자들이 아니었다.

겨우 겨우 이십 초를 버티던 세 장한은 누가 먼저라 할 것 없이 뒤로 빠졌다.

"빌어먹을! 안 되겠다! 그만 가자!"

그때였다. 가만히 서 있던 광효가 그 자리에서 두 손을 번쩍 들었다.

"어딜 가려는 게냐! 지옥으로 가거라, 마에 물든 수라귀들아!"

순간, 노성을 내지르며 내려치는 광효의 쌍장에서 폭풍 같은 위력의 장세가 발출되었다.

광효와는 삼 장의 거리. 세 장한은 크게 걱정하지 않았다.

그러나 가공할 경력을 동반한 광효의 장력은 해일처럼 밀려가 그들을 덮쳤다.

피하기에는 늦은 상황.

"마, 막아!"

"아, 아니, 피해!"

세 사람은 대경하며 전력을 다해 도검을 휘둘렀다.

콰과광!

세 장한의 몸이 폭풍우에 휘말린 낙엽처럼 이 장 밖으로 나가 떨어졌다.

그나마 거리가 있어 치명상은 입지 않은 듯, 세 장한은 이를 악물고 몸을 일으키더니 죽어라 도주했다.

"허, 그놈들. 몸뚱이가 제법 단단한데?"

사도관은 그들을 쫓지 않았다.

쫓으면 충분히 잡을 수 있었다. 하지만 더 많은 사냥감을 불러들이려면 놔두는 게 나았다.

 멀리서 그 광경을 바라본 마득인은 안색이 딱딱하게 굳어졌다.
 자신조차 귀살조 셋을 일수에 격퇴시킬 수는 없다. 그런데 제정신이 아닌 것처럼 보이는 광승은 그 일을 너무나 간단하게 해내지 않는가.
 "빌어먹을, 역시 저 광승이 문제야."
 "오랜만에 피가 끓는군."
 "젠장, 이거 쉽지 않겠는데? 장안으로 놀러가려면 젖 먹던 힘까지 다 끌어내야겠어."
 문제는 그래도 이길 수 있을지 확신할 수가 없다는 점이었다.
 '제길, 장안에 가서 계집질하는 건 포기해야 할지 모르겠군.'
 마득인은 뱀눈을 번들거리며 채각상을 바라보았다.
 "혹시 모르니 총호법께 사람을 하나 보내야겠어."

제5장
숙명(宿命)의 만남

1.

해가 질 무렵.

백궁명은 마득인이 보낸 귀살조원의 보고를 받고 이마를 찌푸렸다.

'그렇게 강하단 말인가?'

백마 중 상위 서열인 마득인이 자존심을 접고 상대를 자신 위로 평가했다는 것. 그것만으로도 고민할 이유가 충분했다.

그때 문이 열리고 위지양이 들어왔다.

"어서 오십시오, 궁주."

"뭔데 그리 고민하는 표정이오?"

"장안에 갔던 마득인이 사람을 보냈습니다."

위지양은 백궁명의 표정과 그 말만으로도 상황을 짐작했다.
"어려운 일이 닥쳤나 보군."
"장안표국에 있던 정체불명의 인물들이 진령을 넘었사온데……."

백궁명이 상황을 설명하자, 위지양은 턱밑의 수염을 문지르며 흥미롭다는 듯 눈빛을 반짝였다.
"흠, 귀살조 셋이 일 장에 당했다?"
"아무래도 그들의 무력이 저의 예상보다 강한 것 같습니다."
"총호법은 어떻게 할 생각이오?"
"백마 중 서너 명을 더 보내서 전력을 보강하면 충분하지 않을까 생각합니다."

위지양은 턱을 문지르던 손짓을 멈추고 백궁명을 똑바로 바라보았다.
"내가 한 번 그들을 만나봐야겠소."
백궁명이 고개를 번쩍 쳐들었다.
"예? 궁주님께서 직접 말입니까?"
"진령을 넘은 후에 부딪쳤다 하지 않았소?"
"그건 그렇습니다만……."
"그럼 지금쯤 이곳을 향해 오고 있을 거요. 직접 장안까지 가지 않고 그런 자들을 만날 수 있다는 건 우리에게도 행운이라는 생각이오."

"하오나 궁주님께서 직접 그들과 싸우실 필요까지는 없지 않겠습니까?"

"총호법, 혹시 숙명이란 것에 대해 아시오?"

"예?"

"그들에 대해서 들으면 들을수록 내 피가 끓고 있소. 어쩐지 꼭 만나야만 하는, 피할 수 없는 운명처럼 느껴지오."

그 말을 듣는 순간, 백궁명은 벼락이라도 맞은 듯 짜릿한 느낌이 전신을 관통했다.

그는 아는 것이다. 위지양이 말한 숙명의 정체를.

'설마 그들 중에 혼돈의 지배자가 있기라도……?'

정말 그렇다면 위지양을 말려야 했다. 질 거라는 생각은 들지 않았다. 그러나 지금은 격변의 상황. 위험을 자초하는 것은 현명한 선택이 아니었다.

"궁주님……."

하지만 그가 말리기에는 이미 늦은 상태였다.

위지양은 숙명의 상대를 피하고 싶은 마음이 없었다.

"내가 누구요?"

"궁주님께선 천마의 후예십니다."

"그래도 걱정이 되시오?"

"아직 때가……."

"총호법이 뭘 모르는구려. 때는 내가 만드는 것이오. 나, 천마의 후예인 위지양이!"

백궁명은 위지양을 말릴 수 없다는 걸 알고 고개를 숙였다.

"속하가 어찌 천마의 뜻을 거스르겠습니까. 대신 오신마가 모시는 것을 허락해 주십시오."

"하하하, 그건 총호법의 말에 따르리다. 단 내 허락 없이는 함부로 나서선 안 된다는 점, 명심하시오."

"명심하겠습니다."

2.

계곡 아래쪽에는 삼십여 호 정도 되는 산촌이 형성되어 있었다.

사도관 일행은 날이 어두워지자 산촌에서 하룻밤을 보내고 식사까지 해결했다. 물론 돈은 순우연이 냈다.

그리고 날이 밝자 간단하게 식사를 하고 산촌을 출발했다.

숲속에서 차디찬 이슬을 맞으며 밤을 샌 마득인은 그들이 산촌에서 나오는 걸 보고 칼을 움켜쥐었다.

누구는 따뜻한 데서 자고 식사까지 하는데, 누구는 이슬을 맞으며 찬 곳에서 밤을 새고 배까지 곯다니!

화가 나서 속이 부글부글 끓었다. 게다가 고개만 넘으면 영섬이 지척이 아닌가.

더 이상 지켜보고 있을 수만은 없었다.

"안 되겠어. 일단 막고 보자고."
조철이 잘 생각했다는 듯 씩 웃었다.
"좋아, 내가 저 멍청하게 생긴 놈을 맡지."
"그럼 나는 저 젊은 놈을 상대하겠소."
장소귀까지 상대를 정하자 마득인은 채각상을 쳐다보았다.
"귀살조는 우리의 뒤를 받치도록 하쇼."
"알겠소이다."

사도관은 걸음을 멈추고 좌우를 돌아보았다.
십여 줄기의 기운이 빠르게 다가오는 게 느껴졌다.
"어제 만났던 놈들 일행 같지?"
섭장천이 차가운 웃음을 지으며 말했다.
"몇 명만 보내서 우리를 시험해 봤나 봅니다."
"오호라, 상대할 만하다고 봤나 본데?"
"그보다는, 더 이상 놔두면 안 되겠으니까 나선 거겠죠."
"흠, 좌우간 잘됐군. 제법 강한 놈들 같은데, 이놈들을 처리하면 그만큼 천마궁의 힘이 약해지는 거 아니겠어?"
광효가 눈에서 불을 뿜었다.
"아, 미, 타, 불! 부처시여! 마의 무리를 지옥으로 보내겠나이다!"
일순간 그의 몸 주위로 바람이 휘돌기 시작했다.
그때였다. 그들의 전면으로 마득인을 비롯한 천마궁의 무사들이 나타났다.

그들은 사도관 일행의 앞을 막고 비장한 표정으로 무기를 빼들었다.

"더 이상은 못 간다!"

"왜? 여기서부터 너희들 땅이라도 돼?"

사도관의 엉뚱한 질문에 마득인은 마땅히 대답할 말이 없었다.

"그건 아니지만……."

"그럼 왜 막는 건데?"

조철이 버럭 소리쳤다.

"못 간다면 못 가는 거지, 멍청하게 생긴 놈이 뭔 말이 그리 많으냐!"

사도관이 그를 보고 피식 웃었다.

"어릴 때 먹물을 먹고 살았나, 저 사람은 얼굴이 왜 저리 새카매?"

"이 빌어먹을 자식이……!"

발끈한 조철이 눈을 부라리며 앞으로 튀어나왔다.

기다렸다는 듯 광효의 광기가 터졌다.

"마의 무리들은 한 놈도 빠짐없이 지옥으로 보내리라!"

일순간, 그의 몸에서 휘돌던 바람이 광풍이 되었다.

콰아아아아!

더 이상의 대화는 무의미한 상황.

마득인이 허공으로 솟구쳐서 광효를 향해 날아갔다.
"미친 땡초야! 헛소리 그만하고 이거나 받아봐라!"
뒤이어 조철과 장소귀를 비롯, 귀살조가 사도관 등을 공격했다.
사도관이 자신과 전혀 상관없는 일이라도 되는 양 담담히 말했다.
"사람들도 참, 왜 이리 급해? 아직 인사도 안 끝났는데."
그는 검을 천천히 빼들고는, 자신을 향해 달려드는 조철을 바라보며 씩 웃었다.
바로 그때, 광효의 장력과 마득인의 공세가 정면으로 충돌했다.
콰릉!
마득인은 이 장이나 뒤로 날아간 뒤 겨우 땅에 내려서서 신음을 흘렸다.
"크으으, 더럽게 세군."
반면 광효는 뒤로 두 걸음 물러선 뒤 더욱 강한 불길을 눈에서 뿜어냈다.
"백마의 마공! 죽어도 싼 놈들이로다!"
두 손을 좌우로 펼친 광효는 마득인을 노려보며 성큼 발을 떼었다.
화악! 밀려드는 가공할 기운!
마득인은 자신도 모르게 간이 오그라들었다.

"씨벌, 뭐 저런 땡초가 다 있어."

그에 비하면 사도관에게 덤벼든 조철은 조금 나았다. 하지만 조금 낫다는 것뿐, 사정은 크게 다르지 않았다.

사도관은 태연하게 조철을 몰아붙이며 입을 쉬지 않았다.

"그러니까, 자네들이 백마동의 백마란 말이지? 그럼 궁주가 백마동의 주인인가? 맞아? 어디 말 좀 해봐. 바로 죽이지 않을 거니까."

'개자식! 남자새끼가 뭔 말이 저리 많아?'

주둥이를 검으로 문질러주고 싶었다. 문제는 자신의 검이 일체 통하지 않는다는 것이었다.

쩌저정!

사도관은 소천화 육식 중 일검개화, 천락단, 비월추를 연이어 펼치며 조철의 검을 철저히 막았다. 그리고 중천화 육식 중 하나인 만폭동(滿瀑洞)을 펼쳐서 조철의 가슴을 서늘하게 만들었다.

따당! 쩡!

조철은 전력을 다한 절혼마검으로 겨우겨우 사도관의 검을 막아냈다.

생긴 건 맹하게 생겼는데 검은 '전혀 아니올시다!' 였다.

'대체 이건 또 어디서 튀어나온 놈이야?'

그는 이를 악물고 뒤로 서너 걸음 물러났다. 허투루 상대하다가는 오늘이 자신의 제삿날이 될지도 몰랐다. 제사를 지내

줄 사람도 없지만.

사도관은 상대가 자신의 검을 모두 막아내자 눈에 힘을 주었다.

"백룡검사인가 하는 놈들보다는 훨씬 강하군. 하지만 그 정도로는 내 코털도 건드릴 수 없을 걸?"

코털 건드리기가 어디 쉬운가?

'말하는 거 보면 영락없이 모자란 놈 같은데……. 제기랄! 상대를 잘못 골랐어!'

그렇다고 물러설 수는 없는 일. 조철은 검을 쥔 손에 힘을 주고 사도관을 노려보았다.

그때 사도관이 스윽, 한 걸음 앞으로 나서며 검을 쭉 뻗었다.

"어디 이것도 받아봐라!"

조철은 눈을 가득 메운 채 밀려드는 검영을 보고 이를 악물었다.

'조또! 이건 또 뭐야!'

그는 다급히 검막을 펼쳐 쏟아지는 검영을 막아냈다.

하지만 사도관의 공세를 완벽히 막아내기에는 역부족이었다.

퍼버벅!

몇 줄기 검세가 그의 어깨와 옆구리를 훑고 지나갔다.

"크윽!"

조철은 거친 신음을 흘리며 바닥을 굴렀다.

창피한 것도 살고 난 다음의 일이었다. 마득인도 바닥을 구르고 있는 마당, 자신이라고 못 구를 것 없었다.

사도관은 그를 더 공격하지 않고 훌쩍 뒤로 날아갔다. 상대는 광효에게 맡기고.

"승 형이 내 대신 이자까지 지옥으로 보내쇼!"

단학과 순우연이 대여섯 명에게 합공을 받고 있었다.

둘이라면 몰라도 셋은 위험했다. 게다가 제법 강한 놈 하나는 아직 끼어들지도 않은 상태였다.

단학이야 조금 다쳐도 괜찮지만, 순우연이 다치면 안 되었다. 특히 얼굴은. 교교는 얼굴에 상처 난 사람을 싫어하니까.

사도관이 날아들자 순우연을 공격하던 귀살조원들 중 둘이 그를 향해 방향을 틀었다.

"으야아아압!"

사도관은 괴상한 기합성을 내지르며 검을 휘둘렀다.

쩌저정!

멋모르고 그에게 도검을 겨눈 귀살조원 둘이 몽둥이에 얻어맞은 개처럼 뒤로 튕겨졌다.

"조심해! 저런 놈들도 못 이기면 어쩌자는 거야?"

"하하하, 걱정 마십시오. 대협! 이 정도는 끄떡없습니다!"

순우연이 호탕하게 웃으며 검을 뻗었다.

사도관도 순우연이 그들 셋을 상대할 정도는 된다고 봤다. 상처 하나 없이 이기는 것이 쉽지 않아 보였을 뿐.

그때 채각상이 달려들었다.

사도관은 빙글 몸을 돌리며 우아하게(?) 검을 뻗었다.

너무나 자연스러워서 처음부터 그렇게 하려고 준비한 것처럼 보일 정도였다.

그러나 채각상은 감탄할 겨를이 없었다.

이마를 향해 뻗어오는 벼락 한 줄기!

온몸이 마비된 듯 움직일 수가 없었다.

"어때? 멋있지?"

입을 열면 검이 당장 입속으로 파고들 것 같다.

난생 처음 느껴보는 공포에 채각상의 얼굴이 회백색으로 변했다.

바로 그때였다.

"손을 멈춰라!"

멀리서 누군가의 다급한 외침이 들렸다.

사도관은 눈살을 찌푸리고 눈알만 돌렸다.

기이한 느낌이 스멀거리며 밀려들었다. 숨이 가빠지고 심장이 두근거렸다.

'뭐지? 누가 이런 기운을 지니고 있는 거지?'

콰광!

한쪽에서는 굉음과 함께, 광효의 공격을 견디지 못한 두 사람이 바닥을 구르고 있었다.

한데 광효도 그 기운을 느꼈는지 더 이상 손을 쓰지 않고 다가오는 자들만 쳐다보았다. 장소귀의 옷을 걸레로 만들어 버

숙명(宿命)의 만남

린 섭장천 역시 이미 검을 거둔 상태였고.

널브러진 채 움직이지 못하는 자들은 모두 넷. 겨우 목숨을 건진 자들은 허겁지겁 뒤로 물러났다.

사도관 등은 더 이상 그들에게 신경 쓰지 않았다.

날듯이 허공을 밟고 다가오는 자들은 모두 아홉 명이었는데, 그들이 다가올수록 가슴이 답답해졌다.

"아미타불, 마침내 아수라가 나왔구나!"

"제기랄! 이거 쉽지 않겠는데?"

한 번도 자신 없는 소리를 하지 않던 사도관이 그리 말하자, 순우연과 단학은 절로 표정이 굳어졌다.

그 사이 위지양과 백궁명을 비롯한 천마궁의 고수들이 이십 장 거리까지 다가왔다.

"승 형, 일단 후퇴할까요?"

말이 후퇴지 도망가자는 말.

하지만 광효는 꿈쩍도 하지 않았다.

"내 이미 지옥에 발을 들여놨거늘, 무엇이 두려울까!"

그는 오히려 투지를 더욱 불태우며 다가오는 자들을 노려보았다.

광효가 움직이지 않는데 혼자만 뒤로 빠질 수도 없는 일. 사도관은 검을 잡은 손에 힘을 주고 숨을 길게 들이쉬었다.

'다른 놈들은 별게 없는데, 저 한 놈이 문제야.'

그는 눈을 가늘게 좁히고서, 뒷짐 진 채 허공을 밟고 날아오는 자를 노려보았다.

나이는 서른 전후.

무형의 기운이 그를 중심으로 휘돌고 있다. 결코 자신이나 광효에 비해 처지는 자가 아니다. 아니 어쩌면 자신이나 광효보다 반 수 정도 앞설지도.

확실히 강호는 넓다. 저런 자가 있다니!

더구나 나이도 생각보다 젊고, 얼굴도…….

'나만큼 잘 생겼군. 내 아들보단 못하지만.'

사도관이 나름의 기준으로 상대를 평가하는 동안, 위지양을 비롯한 천마궁의 고수들이 십 장 앞에 멈춰 섰다.

평소라면 당장 달려들 것처럼 설쳤을 광효도 그때만큼은 광기를 뿜어내기만 할 뿐 움직이지 않았다.

상대의 강함을 인식한 것이다.

먼저 위지양이 입을 열었다.

"정말 놀라운 일이오. 귀하들과 같은 고수들이 한 곳에 모여 있었다니."

'나는 네가 더 놀랍다.'

"본인은 천마궁을 맡고 있는 사람이외다. 강호에선 철혈신마라 부르나 봅니다만."

위지양이 먼저 포권을 취했다.

그만큼 상대를 존중한다는 뜻.

사도관은 그 점이 마음에 들었다. 천마궁주라 해서, 더구나 젊어서 버릇이 없는 놈인 줄 알았는데, 제법 예의를 알지 않는가 말이다.

물론 인사를 하며 기세를 뿜어내는 건 마음에 들지 않지만.

'시험해 보겠다는 거냐? 좋아, 어디 마음대로 해봐라.'

그도 마주 포권을 취했다. 역시 기세를 일으키며.

"나는 사도관이라 하네. 한중을 하루아침에 집어삼킨 천마궁주를 이렇게 만나다니, 정말 반갑군!"

위지양은 묘한 눈빛을 띠고 사도관을 바라보았다.

평범한 중년인, 어딘가 덜 떨어진 것처럼 보이는 중년인이라 했다. 한데 그 보고는 대단히, 아주 잘못된 보고였다.

그런 사람이 자신의 기세를 마주하고도 꿈쩍하지 않고 반말을 할 수 있을까?

"수하들이 대협에 대해 큰 잘못을 범한 것 같습니다."

"응? 뭘 말인가?"

"대협 같은 분을 평범한 분으로 봤으니 말입니다."

"아하, 하, 하! 그럴 수도 있지 뭐."

"그런데 여기는 무슨 일로 오신 겁니까? 혹시 본궁에 놀러 오시던 길이 아닙니까?"

놀러가려던 게 아니다. 염탐하기 위해 가려고 했지.

사도관은 말을 살짝 돌렸다.

"그냥 천마궁주가 어떻게 생겼나 알아보려고 했지."

"보시니 어떻습니까?"

"잘 생겼군. 내 아들만은 못하지만 말이야."

사람들은 사도관을 힐끔거렸다.

'분명 덜 떨어진 놈, 맞는데……'

'어이구, 지금 그런 말할 때야? 대공도 참.'

'과연 사도 대협이십니다.'

위지양은 사도관의 말에 바로 대꾸하지 못했다. 설마 그런 말을 할 줄은 생각도 못한 것이다.

강하다던가, 아니면 젊은 나이인데도 천마궁주답게 위엄이 있다든가, 남들이 다 하는 그런 말을 할 줄 알았다.

그런데 뜬금없이 잘 생겼다니.

게다가, 뭐? 자기 아들보단 못해?

"아드님이 미남인가 봅니다."

"물론이지! 하하하! 나보다 잘 생겼다네."

"한 번 만나보고 싶군요."

"나도 마찬가지라네. 몇 년 동안 못 봤거든."

사람들은 머리가 지끈거렸다.

지금 싸우러 온 거야, 놀러온 거야?

하지만 그들은 생각도 못했다. 위지양이 왜 그러는지, 사도관이 왜 실없이 웃으며 엉뚱한 말만 하는지.

두 사람은 담담히 말을 하는 와중에도 무형의 기세를 뿜어내며 상대의 기를 누르려 했다. 한마디로 암중 대결을 벌인 것이다.

숙명(宿命)의 만남 149

그로 인해 두 사람은 상대의 강함을 피부로 느끼고 있었다.

팽팽한 대결.

굳이 따진다면 미미하나마 위지양이 앞선 상태였다. 눈에 띌 정도는 아니었지만.

'강한 사람이다. 꺾기 위해선 모든 힘을 드러내야만 할 사람. 더구나 저 광승의 무력도 앞에 있는 자보다 약하지 않아. 섭장천도 알려진 것보다 더 강하고. 으음, 쉽지 않겠는 걸?'

'빌어먹을! 생각보다 더 강한 놈 같은데? 붙으면 다 죽을지 모르겠어.'

한데 그들의 팽팽한 신경전을 광효가 깼다.

위지양과 마주서자, 치미는 광기를 이기지 못한 것이다.

"아, 미, 타, 불! 중생을 혼돈에 빠뜨리려는 마의 무리들을 용서치 않으리라!"

광효는 전신으로 광기를 발산하며 두 팔을 들어 올렸다.

머리카락이 사방으로 뻗치고 승포가 폭풍에 휘말린 듯 펄럭였다.

그도 잠시, 사도관이 말릴 틈도 없이 위지양을 향해 날아갔다.

사도관의 눈이 커졌다.

"헛, 저 양반이……!"

위지양은 광효가 날아오는 걸 보며 오른발을 반보 앞으로 내밀었다.

동시에 그의 두 손이 가슴 위로 올라가고, 반경 이 장 안의 대기가 그를 향해 빨려들었다.

순간 광효가 펼친 천불수가 일천 개의 수영을 그려내며 위지양을 덮쳤다.

고오오오오!

누구도 두 사람의 격돌에 끼어들지 못했다.

오히려 뒤로 물러서며 두 사람에게서 멀어졌다.

찰나! 이 장의 거리를 둔 채 광효의 천불수와 위지양의 천마혈심장(天魔血心掌)이 정면으로 얽혀 들었다.

쿠구구궁! 콰과광!

대지가 흔들리고, 대기가 터져 나갔다.

쩌저저적!

그물처럼 금이 간 바닥이 들썩거리며 천지가 요동쳤다.

광효는 뒤로 훌훌 삼 장이나 날아서 땅에 내려섰다.

내려선 그의 몸이 바위만큼이나 단단한 땅속으로 석 자 가까이 파고들었다.

반면 위지양은 일 장 가량 밀려났는데, 그의 발아래에는 두 자 깊이의 고랑이 깊게 파여 있었다.

쏴아아아아!

뒤늦게 회오리바람이 일며 바닥의 먼지를 하늘로 빨아올렸다.

가공할 광경!

바라보던 사람들은 낯빛이 하얗게 굳은 채 눈 한 번 깜박이지 못했다.

숙명(宿命)의 만남 151

사도관은 그 틈을 노려 광효가 있는 곳으로 신형을 날렸다.

한데 그 모습이 위지양을 합공하려는 것처럼 보였는지, 검을 뽑아든 백궁명이 땅을 박차며 소리쳤다.

"그대는 내가 상대해주마!"

백궁명이 단숨에 십여 장을 날아오자, 사도관의 검이 그를 향해 뻗었다.

상대는 철혈신마를 제외하고 천마궁 쪽에서 가장 강한 자.

사도관은 처음부터 구성의 공력으로 중천화 육식 중 다섯 번째 천등비검(天謄飛劍)을 펼쳤다.

일순간, 그의 검에서 뻗어나간 검강이 검첨을 벗어나 백궁명을 향해 날아갔다. 검강 운용의 상승 경지 중 하나인 검강탄이었다.

백궁명은 자신을 향해 날아드는 검영을 보며 전력을 끌어올렸다.

쩌저적!

두 사람 사이의 대기가 비명을 내지르며 갈라지고, 또다시 강기의 폭풍이 휘몰아쳤다.

백궁명은 이를 악문 채 뒤로 날아갔다.

그리고 사도관은 충돌의 반탄력을 이용해서 광효에게 다가갔다.

그때 광효의 몸이 떠오르며 땅속에 박혔던 두 다리가 밖으로 나왔다.

펄럭거리는 승포. 날뛰는 광포한 기운.

두 팔을 벌린 광효는 위지양을 노려보며 걸음을 옮겼다.

"다시 해보자, 마의 종자여!"

화들짝 놀란 사도관이 광효를 향해 소리쳤다.

"승 형! 잠시만 참아요!"

조금 전에 벌어진 위지양과 광효의 대결. 언뜻 보면 비등한 결과처럼 보였다. 하지만 사도관이 보기에는 광효가 미세하나마 밀린 상태였다.

본격적인 싸움이 벌어지면 그 차이는 더욱 커질 터. 그러면 최악의 경우가 닥칠지 몰랐다.

자신이 왜 천마궁을 막기 위해 목숨을 걸어야 한단 말인가? 용검회와 함께 싸우는 것도 아니고.

'내가 미쳤나? 죽으면 영웅이고 나발이고 다 소용없잖아!'

나민과 함께 천보장으로 돌아가는 것. 그에겐 그게 지상목표였다.

강호의 안녕을 지키기 위해서?

강호는 다른 사람이 지켜도 되었다.

다행히 광효는 위지양을 바로 공격하지 않고 걸음을 멈췄다.

사도관이 위지양을 향해 다급히 물었다.

"이봐, 천마궁주! 정말 끝장을 볼 건가? 웬만하면 오늘은 얼굴 본 걸로 만족하고 여기서 끝내지! 뭐 죽기 살기로 싸우겠다면 별수 없고! 어때?"

숙명(宿命)의 만남 153

그러고는 천화신공을 잔뜩 끌어올리고 위지양을 노려보았다.
'지미, 나도 아직 즐거운 날이 많이 남은 청춘인데 여기서 죽을 순 없잖아? 그러니 그만하자고!'
위지양은 피가 끓었다.
모든 힘을 개방하고 승부를 가리고 싶었다.
하지만 그는 자신의 승부욕을 억눌러야 했다.
광승과 사도관, 거기에 섭장천까지. 저 세 사람을 일 대 일로 상대할 수 있는 사람은 이곳에 단 둘밖에 없다.
그나마 백궁명이 상대할 수 있는 사람은 섭장천 정도. 광승이나 사도관은 어림없다. 오신마와 세 명의 장로는 섭장천도 힘들 것이고.
싸움이 벌어지면 승부를 가리는 것으로 끝나지 않을 것이다.
결국 태반이 죽거나 중상을 입을 게 뻔하다. 이겨도 상처뿐인 영광이 돌아올 뿐.
백궁명도 같은 계산이었다.
천하제일로 생각했던 궁주가 우세를 점하지 못했다. 사도관이란 자도 자신보다 한 수 위고.
간이 떨리고 심장이 터질 일이었다. 오신마를 단신으로 꺾은 궁주가 광승을 이기지 못하다니!
별 볼일 없어 보이는 자에게 자신이 힘없이 밀리다니!
'협공하면 지지는 않겠지만, 이긴다 해도 엄청난 피해를 입을 수밖에 없어.'

그럼 당장 용검회조차 상대하기 힘들어진다.

자칫하면 천마궁의 꿈 자체가 무너질지 모르는 일. 모험을 하기에는 강호의 상황이 너무 좋지 않았다.

그는 전음으로 넌지시 자신의 생각을 밝혔다.

『궁주, 피해가 커지면 용검회와 구천신교 놈들만 좋은 일 시켜줄지 모릅니다. 오늘은 저들의 전력을 알아본 것으로 만족하시는 게…….』

위지양은 묵묵히 그의 전음을 들었다.

앞날을 생각지 않고 눈앞의 승리에만 연연하는 것은 하수들이나 하는 선택이었다. 그리고 왠지 모르게 사도관이 싫지 않았다.

'저자만 끌어들일 수 있으면 천하를 노려봄직도 한데…….'

당장 끌어들일 수는 없어도 시간을 두고 설득하면 어떻게 될 것도 같았다. 말이 통하는 자 같았으니까.

그는 결정을 내리고 담담한 어조로 말했다.

"대협께서 그냥 물러가시겠다면 우리도 돌아가지요."

그렇게 끝나는 듯했다.

하지만 그러한 결정을 싫어하는 사람도 있었다.

"마도의 무리여! 빈승은 네놈들을 절대 그냥 보내지 않을 것이니라!"

'윽! 저 양반이 정말!'

사도관이 홱 고개를 돌리고 광효를 향해 소리쳤다.

"그만 해, 이 양반아아아! 누구 다 죽일 일 있어어어!"
천화신공을 잔뜩 끌어올리고 있던 터였다.
목소리가 어찌나 큰지 진령의 거산들이 부르르 떨었다.
우르르르릉…….
하물며 가까이 있던 사람들은 말할 것도 없었다.
"크으으으."
"으으음……."
"제, 제기랄, 고막이……."
공력이 약한 사람들은 비틀거리며 뒤로 물러났.
 오신마는 물론이고, 단학과 순우연도 인상을 잔뜩 쓰고 귀를 틀어막았다. 마득인과 조철과 장소귀 등 부상을 입은 사람들은 아예 귀를 막고서 바닥에 고개를 처박았고.
 한 치도 움직이지 않고 그 자리에 서 있는 사람은 단 넷. 위지양과 광효, 섭장천, 백궁명뿐이었다. 그나마도 섭장천과 백궁명은 눈꺼풀을 잘게 떨고 이를 악물었다.
 그뿐인가? 가공할 외침은 광효의 입마저 막아버렸다.
 단 한 번의 일갈!
 그것이 본의 아니게 엄청난 위력을 발휘한 것이다.
 사도관은 그러든가 말든가, 꿀 먹은 벙어리처럼 자신을 바라보는 광효에게 상황을 설명했다.
 "생각해 보쇼! 싸우면 우리도 죽고 저들도 죽어요. 그럼 좋아할 사람들이 딱 하나 있단 말입니다! 그게 누구겠수? 승 형이 말한 혼돈의 제일 큰 줄기, 구천신교 아냐, 구천신교! 안 그래요?"
"아, 미, 타, 불……."
광효의 광기가 조금 누그러졌다. 말인 즉 틀린 말이 아니었다.
"그래도 여기서 죽고 싶다면, 마음대로 하쇼!"
사도관은 한 번 더 광효를 다그치고는, 광효의 두 눈을 뚫어지게 쳐다보았다.
'대신 죽으려면 혼자 죽으쇼! 나는 나민하고 천보장으로 돌아갈 테니까!'
광효의 눈빛이 파르르 떨렸다.
그는 자신을 쏘아보는 사도관을 보고, 사도관은 끝까지 싸울 마음이 눈곱만큼도 없다는 것을 알아챘다.
그렇다면 혼자서 싸워야 한다는 말.
그토록 자신만만하던 광효도 흔들리지 않을 수 없었다.
철혈신마는 자신보다 강한 자. 강호에 넘쳐나는 마의 무리를 놔두고 이곳에서 죽을 수는 없는 일이 아닌가.
'아미타불, 아직은 지옥으로 갈 때가 아닐지니……'
광효는 그렇게 자신을 다독이고 사도관의 말을 받아들였다.
"좋다, 그대가 돌아가겠다면 나도 돌아가겠다."
'휴우……'
사도관은 속으로 안도의 한숨을 내쉬었다.
솔직히 광효가 끝까지 싸우겠다고 하면 자신이 과연 등 돌리고 돌아갈 수 있을까 싶었다.

그런데 광효가 고집을 꺾자, 안아주고 싶을 정도로 예뻐 보였다.

사도관은 빙그레 웃으며 위지양을 향해 돌아섰다.

"하하하, 승 형도 돌아가겠다는군."

위지양은 포권을 취하며 조용히 웃었다.

"잘됐군요. 참으로 즐거운 만남이었습니다. 우겨서 여기까지 나온 보람이 있군요."

"나도 반가웠네."

오늘 안 봤으면 멋모르고 뛰어들었다가 큰코다쳤을지 모르는데, 정말 다행이었다.

"그럼 잘 있게. 승 형, 갑시다."

사도관은 한시라도 빨리 그곳을 떠나고 싶었다.

철혈신마가 저렇게 강한 걸 미리 알았다면 아예 장안을 떠나오지도 않았을 텐데…….

'우리 다시는 보지 말자고!'

이제 천마궁이 진령을 넘어서 장안으로 쳐들어오지 않는 한, 자신이 먼저 나서서 싸울 일은 없을 것이었다.

위지양은 멀어져 가는 사도관의 뒤를 바라보았다.

백궁명이 뒤로 다가와 입을 열었다.

"정말 놀라운 일입니다. 저런 자들이 장안표국에 머물고 있었다니……. 허어……."

"그만큼 강호가 넓다는 말이 아니겠소? 이곳이 이런데, 호북은 또 어떨지……."

"아무래도 계획을 다시 세워야 할 것 같습니다, 궁주."

"나 역시 같은 생각이오. 저자들에 대한 비중을 확대하고 계획을 다시 세우도록 하시오. 저자들을 따돌리고 용검회를 먼저 치는 것도 괜찮을 것 같소만……."

사도관 등과 싸워 피해를 입은 상태에서 용검회와 싸우는 것과, 용검회를 먼저 치고 사도관 등을 상대하는 것은 상황이 천양지차다.

백궁명은 위지양의 한마디에 머릿속이 환해졌다.

'저자들은 아직 용검회와 완벽한 한편이 아니다. 용검회가 무너지면, 굳이 우리와 싸우려하지 않을지도…….'

사도관의 행동을 봐서는 충분히 가능한 추리였다. 죽음을 불사하고 싸우려하는 자였다면 먼저 물러나려 하지 않았을 것이다.

죽음을 두려워하든, 아니면 공연한 일에 휘말리는 걸 싫어하든, 사도관은 절대 용검회를 위해 목숨을 내걸 사람 같지 않았다.

"아주 멋진 생각이십니다, 궁주."

위지양은 하늘을 올려다보았다.

진령의 하늘은 그 어느 때보다 푸르렀다.

'그 어떤 벽도 내 앞을 막지 못한다. 잠시 지체시킬 수 있을진 몰라도!'

한데 그때 문득, 푸른 하늘에 사도무영의 얼굴이 떠올랐다.

빙그레 웃음 짓던 그의 고개가 서서히 옆으로 기울어졌다.

'가만, 그러고 보니 아우와 저 사람의 성이 같군.'

아들이 잘 생겼다고 했던가?

그것도 비슷했다. 성격만 조금 비슷했다면 한 번 물어봤을 텐데…….

1.

이른 새벽, 한수에서 피어난 새벽안개가 스멀거리며 둔덕을 기어올랐다.

안개가 양변 선창에 정박한 배와 어울리니 봄날의 새벽 경치답게 너무도 아름다운 모습이었다.

한데 안개가 점점 짙어져 배가 거의 보이지 않을 무렵이었다. 안개가 기어오르는 둔덕 위에 검은 그림자가 나타났다. 마치 출렁이는 안개강에서 머리를 내밀듯이.

처음에는 수십에 불과했다. 그러나 숫자가 급격히 불더니, 일각이 되기도 전에 수백이 되었다.

그들은 강가에 미리 마련된 배를 타고 빠르게 강을 건넜다.

"무슨 소리지?"

정천맹 무사 하나가 하품을 하며 소변을 보다 말고 눈을 동그랗게 떴다.

안개가 자욱한 강 쪽에서 물결치는 소리가 들렸다.

정천맹에서 중점적으로 감시하는 곳은 서쪽이었다. 양번 동쪽으로 흐르는 한수는 아무래도 관심이 덜할 수밖에 없었다. 당연히 그도 설마 적이 한수를 건너오랴 싶었다.

한데 그가 바라보는 사이 안개를 뚫고 배가 선착장에 닿았다. 그리고 곧 수백 명이 배에서 내렸다.

기껏해야 십여 장의 거리. 바로 코앞에 수백 명의 무사가 나타나자, 기겁한 그는 사방에 대고 소리쳤다.

"적이다! 적이 한수를……. 켁!"

화살 하나가 그의 목을 꿰뚫어 버렸다.

단숨에 감시무사를 처리한 자들은 빠르게 북쪽으로 달려갔다. 제갈세가가 있는 융중산을 향해서!

"지금쯤 한수를 건넜겠군."

북궁조가 나직이 말하며 동쪽을 바라보았다. 자욱한 안개 너머로 시커멓게 솟은 융중산이 보였다.

그의 옆에 서 있던 중년인이 차가운 목소리로 말했다.

"양쪽에서 공격당하면 정신이 없을 겁니다."

한수를 건넌 자들은 구천신교의 정예무사들이 아니었다. 그들은 마령곡과 마도문파의 무사들로, 제갈세가에 모인 정천맹 무사들에게 혼란을 주는 것이 목적이었다.

"후후후, 융중산이 온통 피로 뒤덮이겠군."

북궁조는 나직이 웃으며 고개를 들었다.

새벽어스름이 밀려들며 거무스름한 하늘이 점점 밝아진다. 이제 곧 여명이 동쪽 하늘을 붉게 물들일 것이다. 구천대업의 본격적인 시작을 알리는, 그 어느 때보다도 찬란할 여명이!

그 여명의 주역은 다른 누구도 아닌, 바로 자신이 될 것이었다.

'이제 나, 북궁조의 이름이 세상을 뒤흔들 것이다!'

그때였다.

저 멀리 안개 속에서 급박한 신호음이 울렸다.

삐이이익! 삐익!

뒤이어 다급한 목소리가 악을 쓰듯이 터져 나왔다.

"적이 세가에 쳐들어왔다!"

"모두 돌아가서 적을 막아라!"

'시작했군!'

북궁조는 하얗게 웃으며 명을 내렸다.

"모두 준비하도록."

"예, 령주!"

"적을 칠 때는 추호도 멈추지 말고 일거에 쓸어버려라."

마령곡 무사들의 공격은 은밀하고 빨랐다.

소리 없이 달려온 그들은 담을 넘는 순간부터 살인귀가 되어 날뛰었다.

"쳐라! 정천맹도 별거 없다! 다 죽여 버려!"

"으하하하! 오늘 같은 날이 올 줄 몰랐을 것이다, 정파의 떨거지들!"

"놈들을 막아라!"

"뚫리면 안 된다! 막아!"

잠깐 사이 정천맹 무사 수십 명이 쓰러졌다.

사방에서 비명이 울리고 고함소리가 터져 나오며 제갈세가의 곳곳이 피로 물들었다.

하지만 그것도 잠시, 정천맹 무사들은 상대가 생각보다 강하지 않다는 것을 알고 차분하게 대응하기 시작했다.

"우왕좌왕하지 말고 침착하게 움직여라!"

"별거 없는 놈들이다! 우리가 이길 수 있어! 겁먹지 말고 적을 쳐라!"

그때부터 전세가 빠르게 바뀌었다.

한데 현무전 이층에서 몇몇 간부들과 함께 그 광경을 바라보던 제갈현종은 그 상황이 마음에 걸렸다.

"저들의 전력이 예상하고 있던 것보다 약합니다. 이상하군요."

남궁진명이 이마를 찌푸리며 자신의 생각을 말했다.

"아직 정예는 오지 않은 모양이오."

순간 제갈현종의 눈빛이 급변했다. 그는 비영당주 당화에게 다급히 물었다.

"놈들을 감시하던 사람들은 어떻게 되었소?"

"세가가 공격당한 걸 알고 대부분 돌아왔을 겁니다."

"뭐요? 이런!"

"왜 그러십니까, 군사?"

"한수를 건넌 저들은 적의 정예가 아니오. 적은 성동격서로 혼란을 야기한 후 정예를 보내 일거에 본가를 무너뜨리려고 할 터. 즉시 서쪽으로 사람을 보내시오!"

당화가 상황의 급박함을 알고 즉시 나섰다.

"제가 가보겠습니다."

바로 그때였다.

"적이 또 온다!"

"적이 서쪽 담을 넘어온다!"

"으악!"

조용하던 서쪽에서 소란이 이는가 싶더니 비명이 터져 나왔다.

"이런! 이미 늦은 건가?"

대경한 제갈현종은 급히 명을 내렸다.

"오호단과 구룡단은 즉시 서쪽을 막으시오! 장로들께서도 그들은 놔두시고 서쪽으로 가십시오!"

"예, 군사! 모두 나를 따라와라!"

구룡단의 새로운 단주로 임명된 화산의 허진자와 오호단의 신임단주 남궁혁이 수하들을 이끌고 서쪽으로 달려갔다.

제갈현종은 고개를 돌려 동방력을 찾았다. 동방력은 벽검산장 무사들과 함께 동쪽의 적을 몰아붙이고 있었다.

"동방 장주! 그들은 본맹의 무사들에게 맡겨놓고 서쪽으로 가주시오!"

"알겠소이다, 군사! 모두 서쪽으로 가자!"

동방경과 동방효를 비롯한 벽검산장의 무사들마저 몸을 빼서 서쪽으로 달려갔다.

옆에서 그 광경을 바라보던 청무진인이 침중한 목소리로 말했다.

"으음, 너무 안이했군."

"놈들이 작정한 것 같습니다, 맹주."

제갈현종은 입술을 씹으며 고개를 돌렸다.

"가주, 서쪽에 어떤 진세가 펼쳐져 있는가?"

제갈영운은 침중한 표정으로 탄식하듯 말했다.

"구절미로진(九折迷路陳)이 펼쳐져 있습니다. 천라무종진(天羅霧從陳)으로 바꾸려 했습니다만, 정천맹의 맹도들에게 피해가 갈 것 같아서 아직 바꾸지 못한 상태입니다, 숙부."

"으음, 구절미로진으로 저들을 막을 수 있을지 모르겠군."

제갈현종은 굳은 표정으로 서쪽을 바라보았다.

그나마도 진세는 서쪽의 일부에만 설치되어 있을 뿐이었다. 적의 일부밖에 막지 못한다는 말. 게다가 저들 중 진을 파훼할 줄 아는 자가 있다면, 구절미로진이 뚫리는 것은 순식간이었다.

아직 날이 밝지 않은 상황. 어스름에 짙은 안개마저 끼어서 서쪽의 상황을 아무것도 알 수가 없다.

답답한 그는 뒤를 돌아다보았다. 세 사람이 조용히 서 있었다. 은선암에서 온 자들. 대정천의 제자들이었다.

"그대들이 나서주어야겠소."

한추경이 고개를 숙이며 답했다.

"알겠습니다, 군사. 가세."

세 사람은 창문을 그대로 타넘더니 순식간에 서쪽 전각을 넘어 사라졌다.

청무진인의 눈이 남궁진명을 향했다.

"혹시 암습자가 있을지 모르니, 부맹주는 이곳에서 군사를 도와주시오. 빈도가 직접 가봐야겠소."

"맹주, 차라리 제가 가겠습니다."

"아니오, 그간 맹을 맡은 지 십여 년, 빈도도 그간 먹은 밥값은 해야 하지 않겠소?"

십여 년 동안 한 번도 사람을 상대해서 제대로 된 무공을 펼쳐보지 못했다. 그가 정천맹의 맹주이기 때문이었다.

'검을 가슴에 담아놓고 꺼내지 않은 지 너무 오래 되어서

녹슬지 않았나 모르겠군.'
 청무진인의 가슴에서 십 수 년 만에 무인으로서의 피가 끓었다.

2.

 제갈현종의 염려대로 구절미로진은 별 위력을 발휘하지 못했다. 어떻게 알았는지 구천신교의 교도들이 진세의 영향을 받지 않는 쪽으로 쳐들어 온 것이다.
 게다가 구천신교 교도들의 앞을 막고 있던 구절미로진마저도 순식간에 뚫려 버렸다.
 서쪽 담장을 넘어온 구천신교의 무사들은 파죽지세로 정천맹 무사들을 몰아붙였다.
 삼백여 명의 정천맹 무사들이 그들을 막았지만 역부족이었다.
 병장기 부딪치는 소리, 비명과 악다구니가 귀를 먹먹하게 하는 가운데 수많은 사람이 죽어갔다.
 그때 벽검산장의 사람들이 합류했다.
 "놈들을 막아라!"
 "놈들에게 우리 벽검산장의 무서움을 알려줘라!"
 청무진인이 도착한 것은 벽검산장의 검사들과 대정천의 제자들이 적의 주력을 막고 있을 때였다.

청무진인은 상황이 생각보다 훨씬 심각하다는 것을 알고 검을 쥔 손에 힘을 주며 외쳤다.

"정천맹의 맹도들은 전력을 다해 적도를 막아라! 악의 무리는 결코 우리를 이길 수 없을 것이다!"

그의 목소리가 새벽하늘을 흔들었다.

정천맹 맹도들은 맹주인 청무진인이 직접 나섰다는 것을 알고 함성을 질러댔다.

"와아아아!"

"맹주님이 나오셨다!"

"구천신교의 악도들을 쳐라!"

그러나 사기만으로 전세를 뒤집기에는 상황이 너무 좋지 않았다.

청무진인도 그걸 모르지 않기에 얼굴이 딱딱하게 굳어졌다.

'구천신교가 이리도 강했단 말인가?'

그나마 다행이라면 대정천의 제자 세 사람이 현천교의 주력인 묵혼단을 막고 있다는 것이었다.

수십 명이 그들 셋을 뚫지 못하고, 오히려 그들의 검이 뻗어나갈 때마다 두세 명의 적이 쓰러졌다.

그들의 가공할 무력은 양쪽 모두에게 충격을 주었다.

특히 구천신교의 무사들을 지휘하고 있는 북궁조는 눈을 부릅뜨고 그들을 주시했다.

대체 저놈들은 누구란 말인가!

"종주와 장로들은 저놈들을 막으시오! 내가 맹주를 상대하겠소!"

그의 좌우에 서 있던 각 종파의 종주들과 구천신교의 장로들이 일제히 신형을 날렸다.

스릉!

그도 검을 빼들고 청무진인을 바라보았다.

정천맹의 수장인 맹주가 나섰다. 이제 이곳에서의 싸움이 이번 결전의 승부를 좌우할 것이다.

당연히, 그 주역은 자신이 되어야 했다.

"청무! 그대는 내가 상대해주마!"

일갈을 내지른 그는 청무진인을 향해 신형을 날렸다.

청무진인은 북궁조의 기세가 심상치 않음을 느끼고 표정이 굳어졌다.

'나이도 어린 자가 가공할 기운을 지녔구나!'

자하신공을 끌어올린 그는 북궁조가 다가오기를 기다렸다.

거리는 숨 한 번 쉬는 시간에 칠 장으로 줄어들었다.

북궁조는 날아드는 그대로 쌍장을 휘둘렀다.

현천광혼기가 실린 장력은 청무진인을 짓누를 것처럼 밀려갔다.

청무진인도 자하신공이 깃든 검을 들어 올려 화산의 비전절기인 매화천검을 펼쳤다.

직경 다섯 자 가량의 거대한 매화가 허공에 피어나더니, 먹구름처럼 밀려드는 현천광혼기에 부딪쳐갔다.

후우웅! 콰르르릉!

두 기운이 뒤엉키자, 굉음이 일며 대기가 진저리를 쳤다.

콰과광!

찰나 간에 삼초의 공방이 벌어지고, 고막을 뒤흔드는 벽력 소리가 귀청을 찢을 것처럼 울렸다.

청무진인과 북궁조는 누가 먼저라 할 것 없이 뒤로 주욱 밀려났다.

동시에 가공할 강기의 파동이 주위를 휩쓸며 퍼져나갔다.

근처에 있던 자들은 악을 쓰며 다급히 뒤로 물러났다.

"휘말리기 전에 피해!"

"가까이 가지 마라!"

검을 쥔 손에 힘을 준 청무진인은 눈을 부릅뜨고 북궁조를 바라보았다.

지난 백 년 동안 단 세 사람만이 익혔다는 화산 제일의 검이 바로 매화천검이다. 한데 상대에게 아무런 타격도 주지 못한 채 튕겨지자, 청무진인은 마음이 조급해졌다.

'대교주를 제외하고도 이토록 강한 놈이 있다니!'

그는 전 공력을 끌어올려 검에 주입했다.

어설프게 힘을 아껴가며 상대할 수 있는 자가 아니었다.

그때 북궁조가 다시 현천광혼기를 끌어올리고는 청무진인

을 향해 날아들었다.

"으하하하하! 청무! 화산의 무공이 겨우 그 정도였더냐!"

청무진인은 자하신공이 깃든 검으로 매화천검을 펼치며 북궁조의 공세에 맞섰다.

"이놈! 감히 화산을 모욕하다니! 용서치 않으리라!"

마음은 당장 북궁조의 목을 잘라 구천신교의 사기를 꺾고 싶었다. 하지만 화산의 매화천검은 현천광혼기를 넘어서지 못했다.

더구나 한 치의 앞도 알 수 없는 비등한 결전이 계속되자, 보다 젊은 북궁조 쪽으로 승부가 조금씩 기울기 시작했다.

차이는 미세했다. 일반 사람들은 분간조차 하기 힘들 정도.

그러나 머리카락 하나 차이로 승부가 갈리는 게 고수들의 싸움이 아니던가.

그러한 차이가 쌓이고 쌓여 확연히 드러난 것은 이십여 초가 흐를 무렵이었다.

북궁조는 비등하던 격전이 자신에게 유리해짐을 본능적으로 느꼈다.

'흐흐흐, 늙은이가 젊은 나와 정면으로 부딪쳐오다니. 그간 맹주랍시고 비무를 게을리 했구나, 청무진인!'

그는 좌우쌍장을 번갈아 휘둘러서 청무진인의 검세를 흐트러뜨렸다. 과도한 진기발출로 공력이 빠르게 소모되었지만, 결코 손을 멈추지는 않았다.

절호의 기회라 생각한 것이다.

우르릉! 쩌저적!

두 사람의 격돌로 일대가 완전히 뒤집혔다. 바닥의 청석이 산산이 부서져 튀어 오르고, 먼지가 구름처럼 피어올랐다.

한 치의 양보도 없는 격전!

초수가 더해질수록 청무진인의 얼굴이 창백해졌다.

한두 번의 공세와 정면충돌하는 것은 버겁지 않았다. 그러나 가공할 역도가 실린 공세를 연속적으로 막기에는 신체가 따라주지 못했다.

줄줄이 쏟아진 공격이 칠 초째 접어들었을 때였다.

콰과광!

천붕 굉음이 울리고, 청무진인이 비틀거리며 뒤로 주욱 밀렸다.

"으으음……."

청무진인이 신음을 흘리며 뒤로 밀리자, 구천신교의 교도를 상대하고 있던 한추경이 다급히 신형을 날렸다.

"맹주!"

북궁조는 뒤로 이 장 가량 물러난 상태에서 공격을 멈췄다.

청무진인에게 우세를 점하긴 했지만 그 역시 내력이 흔들린 터였다. 날아드는 자도 만만치 않은 고수. 지금 상태에서 두 사람을 상대한다는 것은 무리였다.

'정천맹의 맹주를 쓰러뜨리겠다고 위험을 감수할 수는 없

지. 누구 좋으라고?'

그는 정천맹의 맹주를 눌렀다는 것에 만족하고, 나머지는 교도들에게 맡겼다.

"정천맹주가 본 령주에게 패했다! 교도들은 힘을 내서 정천맹을 물리쳐라!"

"와아아아아!"

"구천총령께서 정천맹주를 이겼다!"

태양이 동쪽에서 찬란하게 떠오를 무렵, 제갈세가에서 수백 명이 북쪽 담장을 넘었다.

정천맹과 제갈세가, 벽검산장의 사람들이었다.

개중에는 대정천의 세 고수도 있었는데, 그 중 탄탄한 체구의 중년인이 청무진인을 부축하고 있었다.

그들은 이를 악문 채 북쪽으로 달렸다.

싸움이 벌어진 지 한 시진 만에 제갈현종의 피를 토하는 목소리가 제갈세가의 하늘을 흔들었다.

"정천맹과 제갈세가의 사람들은 모두 이곳을 빠져나가라!"

제갈세가가 무너졌음을 알리는 목소리였다. 아니 정천맹의 패배를 알리는 소리였다.

많은 사람들이 결사항전을 외쳤다.

하지만 정천맹의 군사인 제갈현종은 피를 토하는 심정으로 후퇴를 알리지 않을 수 없었다.

전쟁은 끝난 것이 아니다. 이제 시작일 뿐. 복수를 하려면, 적에게 반격을 하려면 한 사람이라도 더 살아야 하는 것이다.

'세가의 조상들이시여! 조상들께서 지켜온 터전을 적에게 넘겼나이다! 저를 벌하소서!'

3.

건곤일척의 승부는 결국 구천신교의 승리로 끝났다.

막대한 피해를 입은 정천맹은 눈물을 머금고 한수를 건너 임시총단을 남양의 대응보(大鷹堡)로 옮겼다.

―정천맹이 구천신교에 패했다!

소문이 일파만파로 번졌다.

생각지도 못한 정천맹의 패배에 강호인들은 숨을 죽였다.

구천신교가 차지한 곳은 호북에 불과했다. 거기다 호북에는 아직도 무당파가 남아 있었다.

하지만 누구도 구천신교의 힘을 과소평가하지 않았다. 제갈세가가 단독으로 상대하다 패한 것이 아니라 정천맹이 패한 것이다.

정녕 호북이 이대로 구천신교에게 넘어간단 말인가?

그런데 그들이 호북으로 만족할까?

아닐 것이다. 이미 사천에서도 피바람이 불고 있고, 하남 남부와 섬서에서도 마도가 준동한 상태였다.

혼돈의 피바람이 과연 어디서 멈출 것인지 아무도 몰랐다.

화사한 봄바람이 불어오는 삼월, 그렇게 강호에는 춘풍(春風) 대신 한풍(寒風)이 몰아쳤다.

북궁조는 정천맹을 무너뜨린 후 제갈세가를 정리할 자들 일부만 남겨둔 채 남장으로 돌아갔다.

그는 개선장군처럼 도원장에 들어섰지만, 마음은 그리 좋지 않았다. 싸움이 끝난 후 정리해 보니 피해가 예상했던 것보다 컸던 것이다.

북궁마야는 정천맹을 이기고 돌아온 북궁조를 자신의 방에서 맞이했다.

소식을 전해들은 그 역시 밝은 표정은 아니었다.

"본교의 피해는?"

"삼백이 죽고 오백이 부상을 입었습니다, 아버님."

"피해가 예상보다 크군. 벽검산장 놈들이 설친 것이더냐?"

"그들은 저희가 예상했던 대로 움직였습니다. 한데 미처 생각지도 못했던 자들이 나타나는 바람에……."

북궁조는 이를 갈았다.

단 세 명이었다. 한데 그들에게 칠팔십 명이 죽었다. 개중에는 장로와 간부들도 대여섯 명이나 되었다. 그들만 아니었어도 피해가 훨씬 적었을 것이거늘.

"그들이 누군지 알아봤느냐?"

"은선암에서 온 자들이라는 것만 알려져 있을 뿐, 현천일호도 정확한 정체를 모르고 있습니다. 그런 자들이 어디서 갑자기 나타났는지 아무리 생각해도 모르겠습니다. 하늘에서 뚝 떨어진 자들도 아닐 텐데……."

일순간 북궁마야의 두 눈에서 혈광이 번뜩였다.

"하늘에서 뚝 떨어졌다? 혹시…… 대정천?"

북궁조의 눈이 커졌다.

"그들은 오래전에 해체되지 않았사옵니까?"

"세상에 확실한 것은 아무것도 없다. 본좌가 알기로, 정파에서 그러한 고수들을 길러낼 수 있는 곳은 오직 대정천뿐이다. 확실하게 알아보도록 해라."

"예, 아버님."

"곧 서천의 혈승들이 올 것이다. 그들이 오면 설사 대정천이라 해도 문제될 것이 없다. 그러니 너는 일단 양양으로 건너가서, 그때까지 모든 전력을 다듬어서 최상의 상태로 만들어 놓아라. 마종문과 귀마궁에서도 지원무사들을 보내올 것이니, 그들을 적절히 이용한다면 정천맹 놈들을 막는데 수월할 것이다."

북궁조의 표정이 굳어졌다. 마종문이나 귀마궁의 이름은 귀에 들어오지도 않았다.

서천의 혈승(血僧).

밀천십지 중 하나인 혈음사(血陰寺)의 혈승을 말함이다.

북궁마야에게서 두어 번 듣긴 했지만, 막상 그 이름이 다시 나오니 목에 가시가 걸린 듯했다.

"일이 끝나면 사천성을 그들에게 내주신다고 하셨는데, 너무 큰 것을 주는 것은 아닐는지요?"

북궁마야는 싸늘한 웃음을 지으며 북궁조를 쳐다보았다.

"그들이 사천을 얻는다 해도 결국 현천의 그늘 아래 있는 것이니라. 내 말이 무슨 뜻인지 알겠느냐?"

북궁조는 기광을 반짝이며 희미한 미소를 지었다.

"소자가 아버님의 원대한 뜻을 미처 몰랐습니다."

"후후후후, 그들은 걱정 말고, 동방경이나 만나서 그의 의향을 알아보도록 해라."

북궁조의 웃음이 짙어졌다.

"놈은 욕심이 많습니다. 어장검 대용으로 쓰기에 적당한 놈이지요."

제7장
서천에서 밀려든 혈풍이
사천을 뒤덮다

1.

구름이 잔뜩 낀 봄날 아침.

철마보를 나선 사도무영은 만소개와 함께 종남으로 향했다.

제갈신운은 그들보다 이각 먼저 화산으로 출발한 상태였는데, 그들은 그때까지도 제갈세가가 무너진 것을 알지 못했다.

작수(柞水)까지 달린 두 사람은 그곳에서 밤을 보내고, 다음 날 아침에 종남산으로 향했다.

사도무영과 만소개가 종남파로 이어진 산길에 들어선 것은 작수를 출발한 지 반 시진 만이었다.

봄바람을 타고 흐르던 구름이 진령에 막혀서 날씨는 금방이라도 비가 내릴 것처럼 우중충했다. 한데도 종남을 오르는 사람이 간간이 보였다. 종남 곳곳에는 온갖 도교사원들이 산재해 있는데, 날이 풀어지니 향을 피우기 위해 산을 오르는 듯했다.

두 사람은 빠른 걸음으로 양민을 스쳐지나가며 산을 올랐다.

그렇게 제법 넓은 산길을 따라 오 리 가량 올라갔을 때였다. 도인 다섯이 두 사람의 앞을 가로막았다.

"거기 두 분은 잠깐만 멈추시오."

일반 양민들은 그냥 보내면서도 그들만 막는다. 아마도 무인이기 때문인 듯했다.

그들 중 삼십 대 초반쯤으로 보이는 도인이 두 사람을 유심히 살펴보며 앞으로 나섰다.

"빈도는 종남의 영추라 하오. 무슨 일로 종남에 오셨소?"

만소개가 나섰다. 개방은 정천맹에 속한 문파. 사도무영보다는 그가 상대하는 게 나았다.

"개방의 만소개입니다요. 급한 일로 장문인을 뵈려고 왔습죠."

영추는 만소개라는 이름을 듣고 의외라는 표정을 지었다.

"만소개라면 상장로인신 철표개 어르신의 제자가 아니오? 한데 급한 일이라니?"

"철마보와 관계된 일입니다요."

영추의 얼굴이 굳어졌다.

"철마보? 그들이 쳐들어오기라도 한단 말이오?"

"그게 아니라, 철마보의 일로 장문인께 드릴 말씀이 있단 말입죠."

"전할 말이 뭐기에 사부님을 만나야 한단 말이오?"

"장문인께 직접 드려야 하는 말이니 도형께서 양해해 주십쇼."

만소개는 영추를 오늘 처음 보았다. 하지만 이름 정도는 들어본 터였다.

영추는 장문인인 정운자의 제자로, 한때 종남의 젊은 제자 중에서 세 손가락 안에 들만큼 뛰어난 것으로 알려졌던 자였다.

지금은 이상스럽게도 그의 이름이 수면 밑으로 가라앉았는데, 그에 대해선 소문이 무성했다.

종남의 비전무공을 익히다가 다쳤다는 둥, 성격이 특이해서 종남제자들과 사이가 안 좋다는 둥, 무공보다 도술에 심취해서 정운자의 미움을 샀다는 둥. 하지만 어느 것도 확실하게 알려진 것은 없었다.

'생김새는 순하게 생겼는데, 되게 깐깐하네.'

만소개가 속으로 불퉁대는데, 영추가 사도무영을 슬쩍 쳐다보고 물었다.

"저자는 누구요?"

사도무영이 먼저 자신의 이름을 밝혔다.

"저는 사영이라 합니다."

"보아하니 개방의 제자는 아닌 것 같고, 사문이 어디요?"

"망혼이라는 도호를 지닌 분을 사부님으로 모시고 있습니다."

'도호? 그럼 도문의 제자란 말인가?'

영추의 이마에 주름이 서너 줄 그어졌다.

"망혼이라는 도호는 처음 듣는군. 도관이 어디에 있소?"

"구화산에 있습니다."

"구화산? 흠, 멀리서도 왔군. 구화산에서 여기까지 오는데 얼마나 걸리오?"

그걸 왜 물어?

만소개의 눈이 살짝 치켜 올라갔다.

도대체 검문을 하기 위해서 묻는 거야, 심심하니까 묻는 거야?

하지만 사도무영은 조금도 짜증내지 않고 대답했다.

"중간에 지체하지 않고 온다면 열흘 정도 걸릴 겁니다. 경공을 펼쳐서 빠르게 달린다면 닷새 정도?"

"정말 멀군. 혹시 오면서 천마궁 사람들을 보지 못했소?"

"보지 못했습니다."

"엊그제 대판 싸웠다더니 다들 영섬으로 돌아갔나 보군."

사도무영의 두 눈 깊은 곳에서 이채가 번뜩였다.

"천마궁이 누구와 싸웠습니까?"

"그렇소. 우리도 소문만 들었는데, 철혈신마가 직접 나섰다는 말이 있더구려."

철혈신마가?

"상대가 어떤 세력인데 철혈신마가 나섰단 말입니까? 설마 용검회에서……?"

"용검회는 아니고, 정체가 알려지지 않은 고수들이었다고 하더구려."

천마궁주를 상대할 만한 사람이 강호에 몇이나 될 것인가.

사도무영은 결과를 짐작하면서도 좀 더 정확한 걸 알기 위해서 물어보았다.

"싸움 결과는 어떻게 되었습니까?"

한데 영추가 의외의 말을 했다.

"잘은 모르겠는데, 들리는 말로는 철혈신마도 그들을 제압하지 못했다고 하더구려."

뭐라고? 철혈신마가 제압하지 못하고 그냥 보내?

생각조차 못한 결과에 사도무영은 진심으로 깜짝 놀랐다.

'누구지?'

구천신교의 고수들이 온 건 아닐까? 아니면 밀천십지의 또 다른 곳이 열렸나?

사도무영이 나름대로 추측하고 있는데, 영추가 그의 의문을 반쯤 풀어주었다.

"장안표국에 정체불명의 고수들이 머물고 있다는 소문이 지난겨울부터 들려왔는데, 그들이 아닌지 모르겠소."

사도무영은 만소개를 바라보았다.

만소개는 입맛을 다시며 고개를 저었다.

'이곳의 일이 끝나면 자세히 알아봐야겠군.'

그때 영추가 고개를 갸웃거리며 말했다.

"이상하군. 검문을 하는 건 난데 왜 그대가 질문하는 거요?"

만소개는 그 말을 듣고 그간 영추에 대한 소문을 대충 정리할 수 있었다.

'어딘가 모자라는 사람 같군. 기재라던 사람이 왜 저렇게 된 거지?'

기재였다는 소문이 잘못 전해진 건가? 아니면 어떤 충격을 받아서 저렇게 된 건가?

하지만 영추는 그의 의문을 풀어주는 대신 상황을 본래의 상태로 되돌렸다.

"좌우간 그 일로 인해서 비상이 걸려 있는 상황이오. 그러니 검문에 협조해주기 바라겠소."

여태 했잖아! 그런데 얼마나 더 협조해!

살짝 열이 솟구친 만소개는, 차마 우둔해 보이는 영추를 다그치지는 못하고 답답하다는 투로 말했다.

"도형, 이 공자는 천유검 제갈 대협께서 보증하는 사람입니다요. 믿고 보내주십쇼. 정 뭐하면 제가 책임질 테니까요."

"제갈 대협이?"

영추의 두 눈이 휘둥그레졌다.

만소개는 그에게 넌지시 물었다.

"그분이 왜 머리카락을 자르고 정천맹을 떠나셨는지 아십니까?"

강호에서 그 일을 모르는 사람이 얼마나 될까? 영추도 귀가 따갑게 들은 터였다.

"나도 남만큼은 알고 있소."

그 말이 떨어짐과 동시에, 만소개가 시커먼 손가락을 들고는, 사도무영을 향해 허공을 콕 찍으며 말했다.

"그 사람입니다요."

"그 사람?"

뭔 소리야?

영추는 의아한 표정으로 반문하면서, 만소개의 시커먼 손가락을 따라 사도무영을 쳐다보았다.

그러다 뒤늦게 만소개의 말뜻을 이해한 그는 펄쩍 뛸 것 같은 표정으로 물었다.

"그대가 그 사영이라는 사람이란 말이오?"

사도무영이 쓴웃음을 지으며 대답했다.

"그렇습니다."

만소개가 성급하게 제갈신운과 얽힌 이야기를 꺼냈지만, 질책하고 싶은 마음은 없었다. 그 덕에 영추가 검문을 거기서 마치고 서둘렀으니까.

"따라오시오."

영추가 직접 사도무영과 만소개를 안내했다.
조금 이상하게 느껴진다 했더니, 점잖아 보이는 겉모습과 달리 말이 많았다.
"하하하, 나도 그 이야기는 들었지. 과연 제갈 대협이라는 말이 절로 나오더군. 그런데 도우는 왜 벽검산장과 사이가 안 좋은 건가?"
"사부님이 망혼이라는 도호를 쓴다고 했지? 그럼 같은 도문 사람이구만. 정말 반갑네."
"요즘 천마궁 때문에 검문이 조금 심하다네, 그러니 이해하게나. 그런데……."
주절주절……. 한 말 또 하고, 또 하고…….
그는 종남에 도착할 때까지 한시도 입을 쉬지 않았다.
오죽하면 만소개가 말붙일 틈조차 없었다.
'종남파 장문인이 뛰어나다는 제자를 고작 경비로 내보낸 이유가 혹시 말이 너무 많으니 귀찮아서 그런 거 아닐까?'

2.

 십여 채의 도관이 어우러진 태을궁으로 들어가자 분주히 오가는 사람들이 보였다.
 생각했던 것만큼 무겁지 않은 분위기였다. 오히려 십여 일 앞으로 다가온 춘명대전을 구천신교나 천마궁을 상대하는 것보다 더 신경 쓰는 듯 보일 지경이었다.
 "하하하, 나를 따라오게."
 영추는 두 사람을 곧바로 장문인의 거처인 태청관으로 안내했다.
 "사부님, 손님이 왔습니다."
 영추가 전각의 문을 향해 말하자, 대답 대신 문이 열리고 육순의 노도장이 고개를 내밀었다.
 "손님이라고?"
 "예, 정인 사숙."
 고개를 내민 노도장은 장문인인 정운자의 사제인 정인자였다.
 그는 영추 뒤에 서 있는 사도무영과 만소개를 둘러보고는 다시 영추를 바라보았다.
 "장문인을 찾아왔다는 손님이 저 젊은이들이냐?"
 "그렇습니다, 사숙. 여기 이 친구는 개방 철표개 장로님의 제자인 만소개이고……."

영추가 빠르게 입을 열자 정인자가 척, 손을 들어 말문을 막았다.

"알았으니 너는 그만 가봐라. 아직 일이 끝날 시간이 안 되었잖느냐?"

"아직 반시진 정도 남았습니다. 그보다 여기 이 친구가 바로……."

"그만 가봐."

영추는 쭈뼛거리며 입을 닫고 사도무영을 바라보았다.

사도무영은 조용히 미소 지으며 포권을 취했다.

"안내해 주셔서 고맙습니다."

"하, 하. 그럼 나중에 보세."

만소개는 그런 영추를 보며 자신의 생각이 맞을지 모른다는 생각이 들었다.

'정말 말이 많아서 내보낸 건가 보네.'

그때 정인자가 물었다.

"그래, 철표개의 제자라고?"

"예, 도장님."

"무슨 일인지 모르지만, 일단 들어오게나."

태청관 안에는 정인자 외에도 두 명의 노도장이 더 있었다.

사도무영은 안으로 들어가면서 전면에 앉아 있는 사람이 종남 장문인인 정운자라는 걸 알아보았다.

아니나 다를까, 두 사람이 그들의 앞까지 다가가자 정운자가 입을 열었다.

"나를 찾아왔다고?"

"개방의 만소개가 장문인께 인사드립니다."

만소개가 먼저 예를 갖추자, 사도무영도 포권을 취하며 고개를 숙였다.

"사영이 장문인을 뵙습니다."

정운자는 고개를 끄덕이고 나직한 목소리로 물었다.

"철표개의 제자가 무슨 일로 나를 찾아 이곳까지 온 건가?"

그는 사영의 이름을 듣고도 별반 반응을 보이지 않았다. 다른 두 노도장 역시 마찬가지였고.

'사도 형이 도원장 사건의 주역이란 걸 생각도 못하고 있군.'

하긴 뜬금없이 개방의 제자와 함께 나타났으니 그 사건을 떠올리지 못한 것도 이해 못할 일은 아니었다.

"철마보의 일 때문에 왔습니다요."

"철마보?"

정운자는 물론이고, 정인자와 정호자도 흠칫하며 두 사람을 응시했다.

만소개가 사도무영을 바라보았다. 이제부터는 사도무영이 알아서 할 일이었다.

사도무영은 바로 본론으로 들어갔다.

"종남의 장문인께 철마보 사공강 보주의 말씀을 전하고자 왔습니다."

세 노도장의 눈이 일제히 사도무영을 향했다.

철표개의 제자라 해서 안으로 들였는데, 갑자기 철마보주 사공강의 말을 전하러 왔다고 하자 의아하지 않을 수 없었다.

정운자가 굳은 표정으로 사도무영에게 물었다.

"사공강의 말을 전하기 위해서 왔다고 했는가?"

"그렇습니다, 장문인."

"자넨 철마보 사람인가?"

"아닙니다."

"그런데 왜 사공강의 말을 그대가 전하는 겐가? 아니, 아니지. 그거야 어쨌든 상관없고……, 마도문파인 철마보의 주인이 빈도에게 무슨 말을 전하겠다는 것인지 모르겠군."

정운자가 그렇게 말하는 것도 무리는 아니었다. 어쨌든 철마보는 마도십삼파 중 하나니까.

하지만 사도무영은 그 말을 듣는 순간, 종남이 어떤 마음가짐으로 강호 세력을 판단하고 있는지 알 수 있었다.

'겉만 보고 사람을 판단하는 건 종남도 마찬가지군.'

정천맹도 그랬다. 물론 제갈신운 같은 사람도 있긴 하나, 대부분 정운자처럼 드러난 것만을 보고 상대를 평가했다.

'어쩌면 그래서 더 정천맹이 어려워지고 있는 것인지도 모르지.'

대답하는 사도무영의 목소리가 조금은 딱딱하게 흘러나왔다.

"사공강 보주께선 종남과 불가침의 약조를 맺고자 하십니다."

"사공강이?"

정운자가 눈살을 찌푸리는데, 정인자가 코웃음 치며 말했다.

"흥, 그 말을 믿으란 말인가?"

"믿어도 될 겁니다."

"허어, 자네가 어찌 그리 확신하는가?"

"그 안건을 제안한 사람이 저니까요."

세 노도장이 이번에는 다른 의도로 놀랐다.

정운자와 정인자가 거의 동시에 말했다.

"자네가?"

"그대가 사공강을 움직였다고?"

"지금쯤 화산파 역시 같은 제안을 받았을 것입니다."

"화산파도? 화산파가 그 말을 믿을 거라고 보는가?"

"그렇습니다."

딱 부러지듯이 확신에 찬 대답.

말문이 막힌 정운자가 어이없다는 표정으로 고개를 설레설레 젓자, 만소개가 넌지시 말했다.

"화산파에 그 말을 전하러 가신 분은, 다름 아닌 천유검 제갈 대협이십니다요."

"뭐라?"

노도장들은 세 번째로 놀랐다.

정말 제갈신운이 화산파에 갔다면, 화산파는 그의 말을 믿을 수밖에 없을 것이다.

철마보는 정말로 종남을 공격할 생각이 없는 걸까?

그들은 사도무영의 말을 다시 한 번 음미해 보았다.

그때였다.

"가만, 자네 이름이 사영이라고 했지?"

뒤늦게 뭔가가 생각난 듯 정호자가 물었다.

"그렇습니다."

"혹시 자네가 제갈신운을 구해주었다는 그 청년 고수……?"

정운자와 정인자도 노안을 크게 뜨고 사도무영을 바라보았다.

한데 사도무영이 대답할 새도 없이 태청관의 문이 거세게 열렸다.

덜컹!

그리고 철탑 같은 도인이 우렁우렁한 소리를 내지르며 안으로 들어왔다.

"장문 사형!"

"어허! 왜 이리 소란인가, 사제?"

"제갈세가에 있던 정천맹이 구천신교의 습격을 받고 패해서 한수를 건넜다 합니다!"

"뭐야?"

종남의 세 노도장은 물론이고 사도무영과 만소개 역시 경악했다.

"그게 정말이냐, 사제? 진정 정천맹이 패해서 제갈세가를 포기하고 한수를 건넜단 말이냐?"

"방금 전서구가 도착했습니다, 장문 사형!"

"피해는 얼마나 된다고 하더냐?"

"반 정도가 제갈세가에서 나오지 못한 것 같습니다. 그리고 맹주님께서도 내상을 입었다 합니다."

"이, 이, 이런……."

정운자는 탁자에 올려놓은 손을 움켜쥐고 말을 더듬었다.

어찌 당황스럽지 않을까.

정천맹이 패배했다. 제갈세가가 무너졌다. 맹주가 부상을 입었다!

천하가 격동할 일. 하물며 종남이 놀라지 않는다면 그게 더 이상했다.

사도무영은 정무자의 말에 표정이 굳어졌다.

마침내 구천신교가 움직였다. 그것도 정면 공격을 서슴지 않았다.

이길 자신이 있다는 건가?

그동안 준비한 것이 있으니 그럴지도 모른다.

그런데 왜 원인 모를 껄끄러움이 목에 걸리는 걸까?

'북궁마야는 기분만으로 움직일 자가 아니야. 분명 사람들이 모르는 뭔가가 있어.'

그가 북궁마야의 의도를 파악하기 위해 생각하고 있는데 정운자가 물었다.

"시주, 사공강의 말을 믿을 수 있다 했지?"

"그렇습니다, 장문인."

"으음……. 좋네. 그가 정말 그런 마음이라면, 철마보가 먼저 약조를 어기지 않는 이상 우리 역시 그들을 적으로 삼지 않겠다고 약조하겠네."

종남파로선 구천신교가 본격적으로 정천맹을 공격한 이상 적을 하나라도 줄여야 했다. 하물며 철마보라면 종남이 전력을 다해도 상대하기 어려운 자들이 아닌가.

현 상황에서 그들만 적이 안 된다 해도 종남에게는 다행이 아닐 수 없었다.

한데 정운자의 말에 철탑 같은 거구의 노도장이 눈을 부릅떴다.

"장문 사형, 그게 무슨 말씀입니까? 철마보를 적으로 삼지 않겠다니요?"

"그들이 먼저 제안했다네."

"마도와 타협하시겠단 말씀은 아니겠지요?"

"우리는 지금 천마궁을 신경 쓰는 것만으로도 벅찬 상황이네. 게다가 정천맹에 정천단원마저 보내야 할 판이 아닌가?

이 와중에 철마보만 신경 쓰지 않아도 다행이지 싶네."

"그걸 모르는 바는 아닙니다만, 마도 따위에게 굴복하는 거 같아서 마음에 들지 않습니다. 지금 이대로 지낸다 해서 제 놈들이 설마 본 파를 공격하겠습니까?"

"그 상황을 미연에 막을 수 있다면 막아야 하지 않겠나?"

"장문 사형께서 결정을 내리신 거라면 어쩔 수 없습니다만……."

정무자는 눈살을 찌푸린 채 말을 길게 끌고는 사도무영을 바라보았다.

"네가 철마보의 애송이냐? 우리 종남이 얼마나 우습게 보였으면, 사공강이 너 따위 애송이를 보냈는지 모르겠구나."

생김새부터 도인답지 않게 보이더니 말투 역시 마찬가지다.

문득 종남에 그런 노도장이 한 사람 있다는 게 떠올랐다.

'이분이 종남의 자존심이라는 정무자군.'

종남제일고수. 무공에 관한한 장문인인 정운자보다 강하다 했던가?

사도무영은 정무자를 직시한 채 담담히 대답했다.

"철마보의 사람은 아닙니다만, 그리 생각하고 싶다면 굳이 부인하지 않겠습니다."

"말을 교활하게 하는구나! 맞으면 맞는 거고, 아니면 아닌 게지, 뭔 말을 그리 뱅뱅 돌리는 거냐!"

"아니다 하면 믿을 겁니까?"

"흥! 마도 놈들의 말을 어찌 곧이곧대로 믿으란 말이냐?"
"그러니 노도장님 마음대로 생각하시란 말씀이지요."
언뜻 들으면 조롱처럼 들릴 수도 있는 말이었다.
"마도의 애송이가 입만 살았구나!"
정무자는 벌컥 화를 내며 사도무영을 향해 걸음을 내딛었다.
순식간에 두 사람의 거리가 일 장으로 줄어들었다.
"이보게, 사제! 잠깐 멈추……."
깜짝 놀란 정운자가 말리려 했다.
하지만 정무자는 그의 말이 다 끝나기도 전에, 사도무영의 멱살을 움켜쥐기 위해서 우수를 뻗었다.
마도의 애송이 따위가 감히 종남파의 장문인 면전에서 주둥이를 함부로 놀리다니!
'이놈, 어디 맛 좀 봐라!'
쉬이익!
솥뚜껑처럼 큰 그의 손이 번개처럼 뻗어갔다.
하지만 단숨에 사도무영의 멱살을 움켜쥐려던 그의 의도는 처음부터 마음대로 되지 않았다.
턱!
번개처럼 뻗어간 손이 사도무영의 손에 잡힌 것이다.
정무자는 그 사실에 어이가 없었지만, 종남제일고수답게 빠른 반응을 보였다.
"흥!"

코웃음을 친 그는 좌수를 뻗었다. 이번에는 단순하게 손을 뻗은 게 아니라, 태을수를 펼쳤다. 그리고 손목을 틀어 사도무영의 손에서 우수를 빼내려 했다.

'새까맣게 어린놈이 감히 내 손을 잡다니! 제법이군!'

그때 날아드는 정무자의 손을 빤히 바라보던 사도무영이 우수를 뻗었다.

우르릉.

나직한 천둥소리가 울리는가 싶더니, 정무자의 태을수가 방향을 잃고 한쪽으로 미끄러졌다.

"엇?"

흠칫한 정무자는 급히 몸을 틀어 상대의 반격을 미연에 방지하고 재차 공격을 가하려 했다.

하지만 그는 손을 뻗어보지도 못하고 멈추어야만 했다.

빼내려 했던 우수는 여전히 잡혀 있었고, 상대는 더 이상 손을 쓰지 않고 자신을 빤히 바라보고만 있었다.

그는 사도무영의 무심한 눈과 마주치자, 기운이 쑥 빠지는 느낌이 들었다. 그리고 숨이 턱 막히면서 정신이 번쩍 들었다.

'뭐 이런 놈이 다 있어?'

갑자기 묘한 기분이 들면서 얼굴이 후끈 달았다.

꼭, 혼자서 북 치고 장구 치고, 춤까지 춘 것만 같다.

문제는 그렇게 하고도 얻은 것이 아무것도 없다는 것이다.

"네, 네놈은 누구냐? 정말 철마보 놈이냐?"

대답은 정운자가 했다. 그는 고개를 설레설레 저으며 정무자를 질책하는 눈으로 바라보았다.

"어찌 그리도 성격이 급한가?"

정무자는 달아오른 얼굴에 불이 난 것처럼 느껴졌다.

"장문 사형, 그게……."

"이 젊은 시주가 바로, 천유검으로 하여금 스스로 머리카락을 자르게 만든 사영이라는구먼."

"예?"

정무자는 깜짝 놀라서 황소눈을 떴다.

그는 입만 벙긋거리며 사도무영을 바라보았다. 벌게진 얼굴이 마치 핏물에 담갔다 꺼낸 것만 같았다.

사도무영은 정무자의 손을 놓아주고 정운자를 향해 포권을 취했다.

"돌아가서 장문인의 말씀을 그대로 전하겠습니다."

더 이상 이곳에 있을 이유가 없었다. 구천신교가 제갈세가를 무너뜨렸다면 한시가 급했다.

'장안은 못 가겠군.'

아쉽지만 어쩔 수 없었다.

섭장천과 청운표국 사람들을 찾는 것은 개방에게 맡기고, 자신은 자신대로 할 일이 있었다.

3.

사도무영이 철마보로 돌아온 것은 다음 날 사시 무렵이었다.

제갈신운이 먼저 철마보로 돌아와 있었는데, 그 역시 제갈세가가 무너졌다는 이야기를 들은 듯 표정이 무겁게 가라앉아 있었다.

사도무영은 사람들을 모았다.

그는 정천맹의 패배를 조금도 이상하게 생각하지 않았다.

어쩌면 당연한 결과였다. 구천신교는 정천맹이 전력을 기울여도 이길 수 있을까 말까 한 상대다. 한데 정천단조차 제대로 갖추어지지 않은 상태가 아니었는가 말이다.

문제는 이제부터였다.

구천신교가 기선을 제압하긴 했지만, 정천맹도 더 이상 질 수 없다는 생각에 전력을 기울일 것이 분명했다.

반면에 구천신교는 지금의 승세를 그대로 밀고나가 정천맹을 종이호랑이로 만들 생각일 것이고.

그러한 상황을 잘만 이용하면 작은 힘으로도 적잖은 결과를 얻을 수 있을 것이었다.

"우리도 서서히 움직이지요."

사도무영의 말에 제갈신운이 가래 끓는 목소리로 물었다.

"어떻게 할 생각인가?"

그는 마음이 혼란스러웠다.

설마 제갈세가와 정천맹이 저리 쉽게 무너질 줄이야!

마치 자신이 나와서 무너진 것 같았다.

자신은 죽은 자라며 마음속으로 되뇌어도 부담이 되는 것은 어쩔 수 없었다.

사도무영은 그를 똑바로 쳐다본 채 대답했다.

"양변으로 들어갈 생각입니다. 중심부에서 놈들을 흔들어 놓으면 정천맹도 전력을 추스르는데 충분한 시간을 벌 수 있지 않겠습니까?"

제갈신운으로선 바라던 바였다. 되묻는 그의 눈빛이 잘게 흔들렸다.

"언제 갈 생각인가?"

사도무영이 씩 웃으며 사람들을 둘러보았다.

"점심은 충분히 먹었지요? 그럼 한 시진 후에 출발하지요."

설마 바로 가겠다고 할 줄은 생각지 못한 듯 사람들이 눈을 동그랗게 뜨고 사도무영을 쳐다보았다.

특히 제갈신운은 한참 동안 뭔가를 생각하더니 눈을 들고 말했다.

"아무래도 함께 갈 수 없을 것 같군. 칠 일 후, 양변 선착장 근처의 만상루에서 만나세. 그곳 주인인 한 씨에게 백유의 주인을 만나러 왔다고 하면 알아서 안내해 줄 거네."

사도무영은 이유를 묻지 않았다. 누구보다 마음이 급한 그가 그런 결정을 내렸을 때는 그만한 이유가 있을 터였다.
 "알겠습니다. 그럼 칠 일 후 뵙지요."
 "이해해줘서 고맙네."
 "별 말씀을. 그건 그렇고, 만소개 형, 장안표국에 대한 조사는 아직 별다른 소식이 없소?"
 만소개가 머리를 박박 긁으며 대답했다.
 "내일 아침이면 될 거 같은데……. 조금 늦는구만요."
 장막심이 만소개를 향해 인상을 썼다.
 "머리 긁지 마, 임마. 이 떨어지잖아."
 만소개는 긁는 걸 멈추고, 대신 장막심과 양류한을 향해 머리를 털었다.
 장막심과 양류한이 흠칫하며 뒤로 물러났다.
 "윽, 이 자식이……!"
 사도무영이 빙그레 웃으며 말했다.
 "소식이 전해지는 대로 연락이 되게끔 말해 놓으시오."
 "히히, 알겠습니다요."
 "자, 그럼 나가서 출발준비를 하도록 하시오."

 사도무영은 떠나기 전에 사공강과 사공청을 만났다.
 사공강은 사도무영이 양번으로 들어간다고 하자 놀란 표정을 지었다.
 "양번으로 간다? 너무 위험하지 않은가?"

"시간이 지날수록 기회가 적어질 테니 위험이야 감수해야죠."

"하면 우리도 함께 가는 건가?"

"아닙니다. 보주께서는 이곳에서 몇 가지 해주셔야 할 일이 따로 있습니다."

"허허허, 뭐든 말만 하게. 기둥뿌리를 뽑으라 하면 뽑을 테니까."

지긋지긋한 사혈문을 제거해 준 것만으로도 사공강에게 사도무영은 은인이나 다름없었다.

철마보를 통째로 달라고 하면 흔쾌히 내줄 수도 있었다.

"그럼 안 되죠. 죄 없는 기둥을 왜 뽑습니까? 하하하, 그러실 필요는 없고, 저를 대신해서 몇 가지 일만 해주시면 됩니다."

사도무영은 철마보로 하여금, 자신과 천마궁, 용검회 사이의 가교 역할을 하게 할 작정이었다.

그러기에는 철마보가 적당한 무게였다.

사공강과 사공청은 사도무영의 설명을 듣고, 들뜬 열기로 인해 얼굴이 붉어졌다.

천마궁이나 용검회를 대등한 위치에서 상대한다는 것. 그것은 그들의 피를 끓어오르게 하고도 남았다.

"걱정 말게! 자네에게 누가 되지 않도록 처리하지!"

"맡겨주시오, 사도 형! 절대 저들의 위세에 굴하지 않고 처리하겠소이다!"

사도무영은 그들에게 몇 가지 더 당부를 한 후, 일행들과 함께 철마보를 나섰다.

4.

성도에 붉은 가사를 걸친 일백 명의 라마승이 들어선 것은 삼월의 어느 날, 가랑비가 내릴 때였다.

그들은 성도 사람들이 알아듣기 힘든 진언을 암송하며 곧장 당가타로 향했다.

당가에서는 괴승들이 당가로 온다는 것을 알면서도 그들의 출현을 별다르게 생각하지 않았다. 그저 서천의 라마승들이 포교를 위해 넘어왔나 보다, 그렇게 여겼을 뿐.

그들에게는 서천의 괴승들보다 삼월보의 움직임이 더 거슬렸다. 정천맹이 제갈세가를 빼앗기고 남양으로 쫓겨나면서부터 삼월보의 공세가 더욱 강해진 것이다.

하지만 그들은 멀리 있는 삼월보보다 자신들을 향해 다가오는 괴승들을 주시했어야 했다. 그러지 못한 대가는 너무도 컸다.

부슬부슬 내리는 봄비를 맞으며 당가 앞에 당도한 붉은 가사의 괴승들은 첫 인사로 당가의 정문을 박살냈다.

그리고 그때부터 하늘에서는 빗물이 아닌 핏물이 내리기 시작했다.

"막아라! 모든 암기와 독을 다 쏟아 부어서 놈들을 막아!"

아비규환 속에서 악에 바친 목소리가 울렸다.

당가의 가주인 당천민이 외치는 소리였다. 하지만 혈승들의 독경소리는 끊이지 않았고, 당가 형제들의 죽음도 끊이지 않았다.

"옴 마니 반메 흠, 옴 마니 반메 흠……."

"옴 마니……."

당가의 사람들이 발출한 암기는 혈승들이 들고 있는 동발에 튕겨져 힘없이 바닥에 처박혔다. 동발을 피한 암기들도 혈승들의 몸에 꽂히지 못하고 바닥에 떨어졌다.

당가의 사람들은 그 모습을 보고 질린 표정을 지었다.

반면 혈승들이 동발을 날리면 당가 무인들은 피를 뿌리며 쓰러졌다.

목이 잘리고, 허리가 잘리고, 칼날처럼 날카로운 동발에 스치는 것은 무엇이든 잘렸다.

당가가 순식간에 피바다로 변한 채 빗물 대신 핏물이 내가 되어 흘렀다.

본전에서 그 광경을 지켜보던 당천민은 넋이 반쯤 빠졌다.

"이, 이건 말도 안 돼……. 대체 이들이 누군데 이런 일이 벌어진단 말인가?"

"아버님! 일단 대피하십시오!"

당옥과 당환이 당천민을 재촉했다.

당천민은 부들부들 몸을 떨며 이를 악물었다.

"너희들은 교아와 함께 빠져나가라! 나는 당가와 함께 죽을 것이니라!"

"아버님!"

"어서 가!"

그때 혈승들이 방어막을 뚫고 당천민이 있는 곳으로 몰려왔다.

당천민은 자식들을 향해 소리쳤다.

"함께 죽을 수는 없다! 살아남아서 애비의 복수를 해다오!"

그러고는 혈승들을 향해 몸을 날렸다.

당가의 장로들도 당천민을 따라 혈승들을 향해 달려들었다.

"너희들은 어서 가라! 어서!"

당옥과 당환이 머뭇거리는 사이, 혈승들의 동발이 당가 무인들의 몸을 가르며 피를 뿌렸다.

조금만 더 지체하면 빠져나갈 수도 없는 상황. 당옥과 당환은 피눈물을 흘리며 돌아섰다.

"가자! 아버님의 명이시다! 어서 규아를 찾아라!"

"크윽, 예, 형님!"

5.

낙산장에 급보가 전해진 것은 추적추적 내리던 봄비가 점점 굵어지던 미시 무렵이었다.

순찰당주 고위량이 정신없이 양원정의 방으로 달려와 털썩 무릎 꿇고 보고를 올렸다.

"장주! 당가가 괴승들의 습격을 받았다고 합니다!"

"뭐요? 괴승들이라니, 그게 무슨 말이오?"

"서장의 라마승들이 다짜고짜 당가를 공격했다 합니다."

양원정 옆에 있던 장악이 다급히 물었다.

"피해는? 당가의 피해는 얼마나 되오?"

"그게……, 당가의 문도 중 태반이 죽고, 살아난 사람들도 성한 사람이 얼마 안 된다는 소식입니다."

"가주는? 가주는 어떻게 되었는가?"

"놈들이 본전까지 밀려들자 직접 장로들을 이끌고 그들에게 맞섰지만, 아쉽게도……, 얼마 버티지 못하고 돌아가셨다고 합니다."

양원정의 얼굴이 석상처럼 굳었다.

당가는 암기와 독으로 성장한 가문이다. 그런 만큼 강호의 어떤 세력도 어지간해선 당가를 건들지 않으려 한다. 상대하기가 까다롭기 때문이다.

한데도 당가의 육백 명에 달하는 문도 중 태반이 죽다니.

대체 어떤 자들이기에 그런 가공할 힘을 지녔단 말인가.

낙산이걸 중 군사와 다름없는 역할을 하는 송명이 딱딱하게 굳은 얼굴로 양원정을 바라보았다.

"장주님, 아무래도 심상치가 않습니다. 신중하게 대처하심이……."

양원정인들 어찌 그러고 싶지 않을까. 그러나 사천연합의 중앙을 담당한 당가가 무너진 상황. 신중하게 대처하고 싶어도 그럴 수가 없었다.

"송명, 장원에 와 있는 모든 사람들을 불러 모으시게! 지금 즉시 당가로 가봐야겠네!"

송명도 양원정이 그리 나올 거라는 걸 모르지 않았다. 그저 경각심을 불러일으키기기 위해서 한 말일 뿐.

"예, 장주!"

이각 후.
팔백 무사가 낙산장을 나와 당가로 달려갔다.

다음 날 아침, 당가에 도착한 군웅들은 표정이 바위처럼 굳어졌다.

시산혈해로 변한 당가는 살아남은 자들이 뒷수습을 하고 있었다. 시신은 한쪽으로 다 치워졌지만, 시뻘겋게 물든 바닥과 비릿한 피냄새는 전날의 참혹한 상황을 고스란히 보여주고 있었다.

개중에는 당옥과 당환도 있었는데, 그들은 싸움이 끝나자마자 빠져나갔던 사람들과 함께 돌아온 터였다.

낙산장 사람들이 안으로 들어가자, 당가의 사람 중 하나가 양원정을 알아보고 달려왔다. 당가의 장로인 당수민이었다.

"양 대협!"

"당 형! 이게 어찌된 일이오?"

"방심한 사이에 당하고 말았소. 놈들이 사용하는 동발로 인해서 본가의 암기가 힘을 쓰지 못하는 바람에 그만……."

당수민은 말을 다 잇지 못하고 이를 악물었다.

치욕적인 일을 자신의 입으로 말하려니 입술이 떼어지지 않았다. 사실을 다 말하려면 당가의 암기보다 혈승들의 동발이 더 강하다는 걸 인정해야 하는데, 오대세가의 일원으로서 자존심이 상했다.

더구나 암기는 독과 함께 당가를 지탱해온 힘의 원천이 아니던가.

"급습만 당하지 않았어도 이렇게 당하지는 않았을 것을……."

당호민은 적의 급습 때문에 당가가 당했다는 듯 말했다.

그런 면도 없잖아 있었지만, 사실과는 조금 달랐다.

혈승들이 예고도 없이 쳐들어온 것은 맞지만, 그보다는 그들이 당가의 형제들보다 강했다는 게 더 확실한 이유였다.

자세한 정황을 모르는 양원정으로선 일단 당수민의 말을 믿는 수밖에 없었다.

"적의 정체에 대해서 밝혀졌소?"

양원정은 바위처럼 굳은 표정으로 당수민에게 물었다.

당수민은 곤혹스런 표정으로 자신의 생각을 말했다.

"서장에서 온 건 분명한데, 결코 포달랍궁이나 천룡사 사람들은 아니었소이다."

당금 서장에서 당가를 한순간에 피바다로 만들 수 있는 세력은 포달랍궁과 천룡사, 단 두 곳뿐이다.

한데 그곳이 아니라면 어느 사찰의 마승들이란 말인가?

'놈들을 잡아서 확인해 보면 알겠지.'

정체도 중요하지만, 그보다 더 중요한 것은 그들의 행방이다. 그들의 정체가 지옥의 마불이라 해도, 강 건너 불구경하듯이 보고만 있을 수는 없는 일이 아닌가 말이다.

"놈들은 어디로 갔소?"

"동쪽으로 갔소이다."

"동쪽?"

양원정은 이마를 찌푸린 채 허공을 노려보았다.

동쪽에는 사천을 긴장상태로 몰아넣은 삼월보가 있다. 삼월보는 구천신교의 꼭두각시고.

"그럼 구천신교가 놈들을 움직였단 말인가?"

양원정이 혼잣말처럼 중얼거리자, 당수민이 말했다.

"그건 확실히 모르겠습니다. 지금 놈들의 뒤를 본가의 형제들이 쫓고 있으니, 곧 정확한 상황을 알 수 있을 것입니다."

하지만 양원정은 기다리고 있을 시간이 없었다. 연락이 올 때쯤이면 혈승들과 수백 리는 떨어져 있을 터. 추적이 불가능해지는 것이다.

그는 송명과 장익을 바라보았다.

"거리가 더 벌어지기 전에 즉시 놈들을 추적하세."

"알겠습니다, 장주!"

낙산장의 군웅들이 당가를 나서는데 저만치에서 달려오는 사람들이 보였다.

검을 맨 도인들. 청성파의 제자들이었다.

"양 대협이 먼저 오셨구려!"

선두에서 달려오던 초로의 도인이 양원정을 알아보고 소리쳤다. 언젠가 낙산장을 방문한 적이 있는 청성의 장로 진호자였다.

진호자가 바로 앞까지 다가오자 양원정이 그를 반겼다.

"마침 잘 오셨소이다. 우리는 지금 혈승들을 추적하려고 하는데, 청성은 어떻게 하시겠소이까?"

청성의 제자들은 당가의 상황을 둘러보고는 눈을 부릅떴다.

진호자도 당가의 피해가 예상보다 더 심하다는 걸 알고 분노를 금치 못했다.

"같이 가십시다. 당가를 이 지경으로 만든 놈들을 그냥 놔둘 수는 없지 않습니까?"

"지체할 시간이 없으니 자세한 이야기는 가면서 하지요. 송명, 장익! 자네들이 앞장서게!"

"예, 장주!"

"출발!"

낙산장의 군웅들과 청성의 제자들은 곧장 동쪽으로 달려갔다.

서천의 혈승들은 도망치듯 떠난 것이 아니었다. 서둘러 달려갈 일이 없다는 말. 잘하면 삼월보와 합류하기 전에 꼬리를 잡을 수 있을지 몰랐다.

하지만 양원정과 낙산장의 군웅들도, 청성파의 제자도 서두르는 바람에 당가가 어떻게 무너졌는지 간과하고 말았다.

제8장

잠룡, 둥지를 떠나 남쪽으로

1.

 백하에서 한수를 건넌 사도무영 일행은 곧장 남쪽으로 내려갔다.

 함께 움직이면 적의 정보망에 걸릴지도 모르는 일. 사도무영은 일행을 셋으로 나누어서 약간의 거리를 둔 채 움직이기로 했다.

 그가 장막심과 양류한, 만소개와 함께하고, 적도광과 도담이 수라단을 둘로 쪼개서 각각 한 조를 이끌었다.

 사도무영은 서쪽의 죽산을 거쳐서 방현 쪽으로 내려갈 계획이었다. 길이 동쪽에 비해서 조금 험하긴 하지만, 대신 마음이 편했다. 정천맹이나 구천신교와 마주칠 가능성이 동쪽보다 적었으니까.

 사실 자신이야 그들과 마주쳐도 별 상관이 없었다.

 그러나 수라곡 사람들은 달랐다. 자칫 오해할 상황이라도 벌어지면 일이 이상하게 꼬일지 몰랐다. 공연한 소란은 피하는 게 상책이었다.

 그리고 내려가는 길에 구오자를 만나볼 생각이었다.

 '해독단이 아무래도 이상해.'

 며칠 전 교상이 발작을 일으켰다.

 막도는 '이놈이 드디어 미친 모양입니다, 목을 칠까요?' 라고 했지만, 그게 아니었다. 수라마단의 기한이 다 된 것이다.

 수라단원들은 잔뜩 긴장한 채 결과를 주시했다.

 수라마단으로 인해 발작을 일으킨 건 교상이 처음이었다. 교상의 결과에 따라 자신들의 운명도 결정될 것이었다.

 다행히도 해독단이 엉터리는 아니었는지 교상은 사흘 만에 몸을 털고 일어났다.

 수라단원들은 환호하며, 그 핑계를 대고 술을 진탕 마셨다.

 하지만 사도무영은 마음이 영 찜찜했다.

 해독이 되긴 했지만, 그 과정에서 상당히 심각한 문제가 있었다.

 그 사흘 간, 교상은 죽은 사람처럼 누워서 지내야 했다. 혹시 해독단에 이상이 있는 건 아닐까? 그런 의문이 들 정도였다.

해서 내려가는 길에 구오자를 만나 정확한 것을 알아볼 생각이었다.

천하에서 독을 제일 잘 다루는 사람 중 하나, 독의라면 알지도 몰랐다.

2.

철마보를 떠난 지 이틀 후.

사도무영은 구오자가 사는 도관에 도착했다.

구오자는 사도무영을 보더니 함박웃음을 지었다.

"정말 잘 왔다! 그러잖아도 시험해 볼 게 있었는데……."

그는 당장 사도무영을 끌고 안으로 들어가려다 옆에 멀뚱히 서 있는 장막심과 양류한과 만소개를 쳐다보았다.

"쟤들은 누구냐?"

"의형님과 제 친구들입니다."

"그래? 쟤들도 몸뚱이가 너만큼 튼튼하냐?"

"하, 하. 아닙니다, 어르신."

"쿵, 그럼 뭐 별로 쓸모없는 애들이구만. 자, 안으로 들어가자. 내가 이번에 겨울잠 자고 있는 혈주(血蛛)를 잡았는데……."

구오자는 신이 나서 자신이 뭘 만들었는지 떠들며 안으로 들어갔다.

사도무영은 쓴웃음을 지으며 그를 따라갔다.

졸지에 '쓸모없는 애들'이 된 장막심이 슬쩍 물어보았다.

"뭘 시험해 본다는 건가?"

"독입니다."

헉!

장막심과 양류한과 만소개가 움찔했다.

"어떻게 시험을 해본다는 거지?"

"간단합니다. 제가 먹어보면 되는 거죠."

크헉!

세 사람은 걸음을 멈추고는 사도무영을 멍하니 바라보았다.

"독을 먹는단 말인가?"

"전에 몇 번 먹어봤습니다. 조금 가렵거나 반점이 생기기도 하는데, 큰 지장은 없었지요."

만소개가 다행이라는 표정으로 말했다.

"그리 독한 독은 아닌가 보죠?"

"어르신 말로는 극독이라는데, 제 몸이 오독대법으로 특이하게 변해서 잘 견딘다고 하더군요."

극독이라고?

"아, 혹시 모르니 미리 말씀드리죠. 어르신이 독을 내밀거든 숨을 쉬지 마십시오. 가까이 가지도 말고요. 잘못하면 중독되어서 살이 썩을지 모르거든요."

"……!"

입을 딱 벌린 세 사람은 더 이상 사도무영을 따라가지 않았다.

"어……. 우린 여기서 기다리지. 아우는 들어가 보게."

"저도……."

"거지는 어차피 반기지도 않을 것 같은데……."

사도무영이 어찌 그들의 마음을 모를까.

"그럼 여기서 기다리세요."

잠시 후, 이진과 삼진이 차례차례 도관에 도착했다.

도담과 적도광 등은 멀뚱히 서 있는 세 사람을 보며 고개를 갸웃거렸다.

도담이 세 사람을 둘러보며 넌지시 물어보았다.

"왜들 그런 표정이십니까?"

"나는 독이 싫다네."

"저도 싫습니다."

"제가 비록 먹는 걸 가리지는 않지만, 독은 안 먹습니다요."

도담과 적도광 등은 영문을 몰라 어리둥절한 표정을 지었다.

그때 방문이 열리더니 사도무영이 적도광을 불렀다.

"적 형, 왔으면 안으로 들어와 보시오."

"예, 령주."

적도광은 당당히 대답하고 걸음을 옮겼다.

장막심과 양류한과 만소개의 얼굴이 하얗게 변했다. 그들은 행여나 자신들도 부를까 무서워서 뒷걸음질로 슬그머니 물러섰다.

도담 등은 그런 세 사람이 이상하게 보였다.

'왜들 저러지?'

그런데 만소개가 갑자기 어떤 생각이 떠올랐는지 눈을 크게 뜨고 소리쳤다.

"맙소사! 그 양반이었어!"

"무슨 말인가? 그러니?"

"도, 독의 구오자. 조금 전의 노인이 바로 천하에서 독을 가장 잘 다룬다는 독의입니다, 장 형님."

"그, 그럼 아우가, 독의가 준 독을 심심하면 먹었다는 거야?"

도담이 여전히 어리둥절한 표정으로 물었다.

"대체 무슨 말입니까? 령주님이 독을 먹다니요?"

방 안으로 들어간 적도광은 금방 얼굴이 누렇게 떴다.

구오자가 사도무영에게 뭔가를 내미는데 그 설명이 그를 질리게 했다.

"이게 혈주의 간을 이용해서 만든 것이네. 조심하게. 쥐똥만한 거 하나면 황소 열 마리도 셋을 셀 동안에 즉사시킬 정도로 독한 거니까."

그리고 두 번째로 사도무영의 행동이 그의 얼굴을 변색시켰다.

"그냥 이대로 먹으면 되는 겁니까?"

"어. 내가 먹기 좋게 만들어 놨지."

사도무영은 이마만 살짝 찡그리고 작은 환으로 만들어진 혈주독을 목안에 털어 넣었다.

적도광은 왜 장막심 등이 하얗게 질린 얼굴로 밖에 서 있는지 알 것 같았다.

'쥐똥만큼으로 황소 열 마리를 즉사시킬 수 있는 독을 그냥 먹다니. 으으으……'

정말 저게 그렇게 독한 독일까?

의문이 없는 것은 아니었다. 하지만 그가 아는 사도무영은 그런 것으로 남 앞에서 장난할 사람이 아니었다.

"맛이 조금 시군요."

"그래? 속은 어떤가?"

"뜨거워지는데요."

"흠, 열양독이라 그럴 거네. 그래도 참을 만할 걸?"

"그건 그런데, 열꽃이 조금 피겠는데요?"

"그거야 독이 해독되는 과정이니 어쩔 수 없고. 그래도 내장이 녹지는 않을 거네."

그럼 죽으라고?

적도광은 반쯤 얼이 빠진 상태로 두 사람의 대화를 들었다.

극독을 주는 사람이나, 그걸 먹는 사람이나, 둘 다 제정신이 아닌 것처럼 보였다.

한데 그때 구오자가 적도광을 빤히 쳐다보았다.

적도광은 자신도 모르게 손이 떨렸다.

차라리 칼을 목에 갖다 대면 이렇게 떨리지는 않을 텐데……

'서, 설마 나에게도 먹으라고 하는 건 아니겠지?'

구오자가 그런 적도광을 보고 핀잔을 주었다.

"저놈은 왜 손을 떨어? 다른 병이 있는 거 아냐?"

"그건 아닐 겁니다. 한 번 몸을 봐주시죠."

구오자가 쑥 손을 내밀었다.

"팔 내밀어봐."

"흡!"

적도광은 간이 툭 떨어지는 기분에 무심코 헛바람을 들이켰다.

"그놈, 남자새끼가 웬 겁이 그리 많아? 어서 손 내밀어봐."

적도광은 겁이 많다는 말에 이를 악물고 손을 내밀었다.

구오자는 그의 손목을 낚아채더니 맥을 짚어보았다.

그리고 얼마나 지났을까. 이마를 좁히고 눈을 가늘게 뜬 채 고개를 모로 꼬았다.

"햐아, 이거 진짜 묘한데?"

"어떻습니까. 괜찮겠습니까?"

구오자는 한쪽에 있는 단약을 깨작깨작 깨물어보았다.

그것은 사도무영이 감평악에게 하나 더 받아 두었던 수라마단이었다.

한참 맛을 보던 구오자가 수라마단의 찌꺼기를 뱉어냈다.

퉤!

그러고는 물로 입을 헹구고 사도무영에게 물었다.

"해독단이 있다고 했지?"

"예. 적 형, 수라마단의 해독단을 꺼내서 이 어르신께 드려 보시오."

적도광은 최대한 침착한 표정을 지으며, 품속에 고이 넣어 두었던 수라마단의 해독단을 꺼냈다.

구오자는 해독단을 받아들더니, 껍질을 벗기고 단환을 손톱으로 긁었다.

그리고 밀가루처럼 고운 분말이 손바닥에 고이자, 혀를 내밀어 맛을 보면서 눈을 감았다.

잠시 후.

눈을 뜬 구오자가 싸늘한 한광을 빛내며 씩 웃었다.

"낄낄낄, 어떤 놈이 만들었는지 머리깨나 썼군."

"확실한 해독단입니까?"

"해독이 되긴 하겠는데, 부작용도 만만치 않을 거다."

"부작용이라시면……?"

"약효가 굉장히 강해서 며칠 동안 기운을 못 쓸 거야."

'역시!'

수라단원들이야 교상이 해독된 걸로 만족했지만, 거기에는 치명적인 부작용이 잠재되어 있었다. 해독단을 복용했을 때 공격을 받으면 큰일이 아닌가 말이다.

"방법이 없겠습니까?"

"내가 누구냐?"

사도무영은 구오자를 한껏 띄워주었다.

"독에 관한한 천하제일이신 분이죠."

"클클클, 그런 나에게 이 정도는 아무것도 아니니라."

"부탁하겠습니다, 어르신."

구오자는 정말로 기분이 좋았다. 그래서 사도무영에게 한 가지 선물을 하기로 했다.

"내가 제일 귀하게 여기는 독이 하나 있는데……. 한 번 먹어볼래?"

사도무영은 어색한 표정을 지으며 넌지시 물어보았다.

"저에게도 위험한 겁니까?"

"천하에서 제일 독한 것 중 하난데, 너라면 먹어도 죽지 않을 거다. 사실 해독약을 얻을 생각만 아니어도 안 줄 텐데……. 워낙 양이 적어서 말이야."

구오자가 그렇다면 그런 거다. 최소한 독에 관해서 만큼은 구오자의 말이 진리였다.

"그럼 먹어보죠. 대신 수라마단의 해독약을 열세 사람 분지어주셔야 합니다."

"쩝, 재료가 좀 많이 들긴 하지만, 그렇게 하지 뭐."

적도광은 관자놀이에 못이 박힌 것처럼 찡한 느낌이 들었다.

두 사람 사이의 거래가 의미하는 뜻을 뒤늦게 깨달은 것이다.

자신과 수라단원을 위해 천하에서 제일 독한 독을 서슴없이 복용하겠다고 한다.

죽을지도 모르는데!

'크흑! 령주! 령주께서 불구덩이 속으로 뛰어들라 하시면 두말없이 뛰어들겠습니다!'

몸에 약간의 붉은 열꽃이 나긴 했지만, 구오자의 말대로 별다른 이상은 느껴지지 않았다.

사도무영은 전처럼 통에다 큰일을 보지 않은 걸 다행으로 생각하며 기분 좋게 피를 빼주었다.

구오자는 두 종지의 피를 받아들고 희희낙락했다. 희대의 보물을 얻은 표정이었다.

그걸 보고 사도무영이 넌지시 물어보았다.

"제 피가 정말 해독제의 원료가 되는 겁니까?"

"물론이지. 왜, 더 빼줄래?"

하여간 뭔 말을 못해.

잠룡, 둥지를 떠나 남쪽으로

"그냥 피만 마셔도 독을 해독시킬 수 있을까요?"
"그냥 마시면 약효가 별로지. 전혀 없지는 않겠지만."

혹시나 해서 물어본 것이었다. 언제 어떤 경우가 생길지 모르니까.

좌우간 자신의 피가 독을 해독시키는데 약간이라도 도움이 된다는 것에 묘한 기분이 들었다.

"마단의 해독제를 만드는데 얼마나 걸리겠습니까?"
"내일 아침까지는 만들어질 거다."
"그럼 잠시 어디 좀 갔다가 내일 아침에 오겠습니다."
"왜? 그냥 여기서 지내지."
"하하, 볼일이 좀 있어서요."

볼일?

없었다. 도관에서 머물면 보나마나 독을 더 시험해 보려고 할 게 뻔해서 잠시 피하려는 것뿐.

구오자는 아쉬운 표정을 감추지 못하고 말했다.
"별수 없지. 그럼 내일 아침에 일찍 와라."

3.

구오자의 방을 나선 사도무영은 사람들을 이끌고 죽산으로 갔다.

그리고 다음 날, 해가 둥실 떠오른 늦은 아침에 도관으로 돌아왔다. 험한 산을 세 바퀴나 전력을 다해 돈 다음에.

구오자의 입술이 한 자는 튀어나와 있었다.

"일찍 오라니까……."

"열심히 달려왔는데도 조금 늦었습니다."

구오자는 힐끔 사도무영의 일행들을 바라보았다.

거짓은 아닌 듯했다. 대부분이 숨을 거칠게 몰아쉬고 있는데, 수백 리를 쉬지 않고 달린 사람들 같았다.

"언제 갈 거냐?"

"지금 바로 가야 할 것 같습니다."

"지금 바로?"

"예, 어르신. 상황이 워낙 안 좋아서요."

"그래? 에잉, 마지막으로 하나 시험할 게 있었는데……."

입맛을 다신 구오자는 미적미적 품속에 손을 넣더니, 나무로 만든 작은 상자 하나를 꺼내서 내밀었다.

"여기, 네가 부탁한 것이다."

"감사합니다, 어르신."

사도무영은 상자를 받아들고 고개를 숙였다. 그리고 구오자의 입에서 다른 말이 나오기 전에 고개를 돌리고 말했다.

"힘들겠지만, 시간이 없으니 바로 출발해야 할 것 같소."

"알겠습니다, 령주!"

"그렇게 하세, 아우. 자, 출발하지!"

도담과 장막심이 당연하다는 듯 서둘렀다. 지체하면 구오자가 또 사도무영에게 독을 먹으라고 할지 몰랐다.

천하에서 첫째 둘째를 다투는 극독을 말이다.

비록 자신들이 복용하는 것은 아니지만, 생각만 해도 몸이 떨렸다.

"그럼 이만 가보겠습니다, 어르신."

"잘 가게. 나중에 시간 나면 또 들러. 좋은 거 많이 만들어 놓을 테니까."

4.

구오자의 도관을 떠난 사도무영 일행은 곧장 남쪽으로 향했다.

그날 오후, 방현이라는 마을이 저만치 보이자 사도무영 일행은 그곳에서 식사를 해결하고 가기로 했다.

하지만 그들은 방현을 백여 장 놔두고 걸음을 멈춰야 했다. 그들보다 먼저 방현으로 들어가는 자들이 다수 보였는데 모두 무사들이었던 것이다.

대략 삼십 명 정도?

"어떤 놈들 같나?"

장막심이 그들을 보고 사도무영에게 물었다.

사도무영은 바로 대답을 하지 않았다. 복장만으로는 어느 문파의 사람들인지 정확하게 알 수가 없었다.

　다만 분명한 것은, 무당파가 지척이라는 점이었다. 무당파 인근에서 저렇게 몰려다닐 수 있는 세력은 정천맹과 구천신교, 두 곳뿐.

　물론 그들이 누구든 겁날 것은 조금도 없었다. 시기가 너무 빠른 게 마음에 걸릴 뿐.

　'정면으로 부딪쳐봐? 아니면 그냥 지나쳐?'

　하지만 방현을 지나치면 식사를 할 곳이 마땅치 않았다. 짐승을 잡아서 구워 먹는다면 몰라도.

　그때 만소개가 나섰다.

　"제가 가서 알아보죠."

　"조심하시오. 구천신교 놈들이라면 개방의 제자를 싫어할 거요."

　"걱정 마십쇼. 그 정도 눈치는 있으니까. 어디 세상에 거지가 개방의 제자만 있답디까?"

　만소개는 자신 있게 씩 웃고는, 타구봉을 어깨에 턱 걸치고 방현으로 갔다.

　만소개가 방현으로 들어간 지 반 시진이 흘렀다.

　이상했다. 만소개가 돌아오지 않는다.

　"무슨 일이 있는 거 아닐까?"

장막심이 걱정되는지 눈살을 찌푸리고 말했다.

사도무영도 내심 걱정되었다.

반 시진은 짧은 시간이 아니었다. 만소개는 정보수집에 경험이 많은 사람. 그 시간이면 그들의 정체를 알아내고도 남았다.

"아무래도 저희가 가봐야 할 것 같습니다."

"전부 함께 갈 건가?"

사도무영은 뒤를 돌아보았다.

"저와 장 형님, 양 형, 도 형만 가지요. 적 형은 수라단과 함께 숲속에서 기다리시오."

"함께 가는 게 낫지 않을까? 저들의 숫자도 상당하던데."

사도무영은 적도광에게 하는 말로 장막심의 질문에 대답했다.

"만약 그들이 마을에서 도망쳐 나오면, 가차 없이 제거하시오."

"알겠습니다, 령주."

정천맹이라면 싸울 일이 없다. 그러니 도망쳐 나오는 자는 구천신교의 무사일 가능성이 크다. 제3의 세력일 수도 있지만, 그 두 세력이 아니라면, 만소개를 붙잡아두지 못했을 것이다.

그것이 사도무영이 내린 판단이었다.

"가시죠."

짜작!

기다란 채찍이 허공에 매달린 만소개를 후려쳤다.

'끄으윽!'

만소개는 이를 악물고 고통을 참았다.

"개방의 거지새끼가 제법 참을성이 강하군. 누가 너를 이곳으로 보냈지? 말하면 살려준다니까?"

퉤!

만소개는 입안에 가득한 핏물을 뱉어냈다.

사도무영의 말대로 최대한 조심했어야 하는데 너무 방심하고 가까이 접근했다. 그 바람에 미처 빠져나갈 틈도 없이 포위되고 말았다.

그때만 해도 크게 걱정하지 않았다. 도망치는 것만큼은 자신 있었으니까.

그런데 놈들의 숫자가 너무 많았다. 게다가 무공도 제법 강하고.

빌어먹을!

결국 십여 초만에 나뒹군 그는 혈도를 찍힌 채 이층 난간에 개처럼 매달리는 신세가 되고 말았다.

그리고 그때부터 저 개만도 못한 놈의 채찍이 그의 몸을 두들겼다. 어찌나 아픈지 십 년 만에 눈물이 날 정도였다.

앞으로 '개는 매달아 놓고 몽둥이로 패야 제 맛'이라고 하는 놈들이 있으면 가만두지 않을 작정이었다. 물론 살아났을 때 이야기지만.

"정천맹에서 보냈나?"

채찍을 휘두른 자가 다시 물었다.

만소개는 씩 웃으며 대답했다.

"네 애비가 보냈다, 개자식아."

휘리리릭! 짝!

옷이 갈기갈기 찢겨지고 피가 튀었다. 설점이 뚝뚝 떨어져 나가는 고통에 만소개의 얼굴이 흙빛으로 물들었다.

"킬킬킬, 고집은 제법이군. 하지만 그럴수록 너만 고달플걸?"

한쪽에 앉아 있던 사팔뜨기 중년인이 낄낄거리며 그를 놀렸다.

만소개는 그에게 해주고 싶은 욕이 열 가지도 더 있었지만, 꾹 참았다.

사팔뜨기는 다른 놈과 달랐다. 채찍을 휘두르는 놈과도.

번들거리는 눈이 말해주고 있었다.

저놈에게 함부로 말하면 팔다리를 쭉 찢어버릴지 몰라.

길거리에서 눈치로 살아온 만소개는 그자의 악독함을 바로 알아볼 수 있었다.

그때 사팔뜨기가 말했다.

"개방 제자의 간은 어떤 맛인지 모르겠군. 간도 더러우려나?"

만소개는 정말로 겁이 났다. 숨이 턱턱 막혔다. 하지만 그간 살아온 그의 삶이 그에게 오기를 불어넣었다.

"내 간은…… 똥 맛이야. 아주 더럽지."

"그래? 그럼 살점이나 발라서 구워먹어야겠군. 이봐, 더 쳐. 맨살보다 피멍 든 살이 더 맛있거든."

채찍을 든 자는 씩 웃으며 빠르게 손을 휘둘렀다.

짜자작! 짜작!

만소개는 뇌리가 하얗게 비어갔다.

'개, 개새끼들……. 조금만 기다려라, 사도 형만 오면…….'

5.

사도무영 일행은 봄바람에 옷자락을 휘날리며 마을 안으로 들어갔다.

방현이 산골마을 중에서 크다고 하지만 일반 중원의 큰 마을과 비교할 정도는 아니었다.

큰길이라고는 마을 중앙을 관통하는 대로(大路) 하나였고, 자잘한 골목길이 대로에서 그물처럼 뻗어 있었다.

네 사람이 대로를 빠르게 걸어가자, 지나가던 사람들이 힐끔거리며 그들을 쳐다보았다.

남자들은 왠지 불안한 표정으로, 여자들은 몽롱한 표정으로.

하지만 사도무영 일행은 지나가는 사람들의 관심에 신경 쓸 겨를이 없었다.

그들은 대로를 빠르게 걸어가며 좌우 양쪽 건물 안에서 흘러나오는 기척에 잔뜩 신경을 곤두세웠다.

그렇게 마을 중간쯤 갔을 때였다.

사도무영이 걸음을 멈추고, 우측 건물을 향해 고개를 돌렸다.

입구에 주렴이 쳐져 있는 건물에는 객잔임을 알리는 깃발이 하나 꽂혀 있었다.

그는 '진풍객잔'이라는 글귀를 슬쩍 훑어보고, 객잔 입구를 향해 몸을 틀었다.

장막심 등이 그의 뒤로 다가왔다.

"여긴가?"

장막심의 질문에 사도무영은 고개만 끄덕였다. 그리고 주렴을 젖히고 안으로 들어갔다.

사도무영이 안으로 들어가자 객잔 안에 있던 사람들의 눈이 일제히 입구로 향했다.

대략 삼십 명 정도. 앞서 방현으로 들어간 자들이었다.

사도무영은 눈을 들어 전면을 바라보았다.

객잔 저편 이층에 뭔가가 매달려 있었다. 피범벅이 된 만소개였다.

그리고 만소개의 피가 뚝뚝 떨어지는 곳에는 채찍을 든 자가 서 있었다.

일순간, 만소개를 바라보는 사도무영의 눈빛이 무저의 심해처럼 가라앉았다.

무채색의 살기!

그때였다. 막 객잔 안으로 들어온 장막심 등은 이층에 매달린 만소개를 보고 눈을 부릅떴다.

"만소개! 이 개만도 못한 새끼들이!"

앉아 있던 자들 중 하나가 일어나며 웃었다.

"크크크, 역시 개를 때려잡으니 주인이 달려오는군."

"이 죽일 놈들이……!"

장막심은 욕을 퍼부으며 앞으로 나서려다 멈칫했다.

등을 보이고 있는 사도무영의 몸에서 한기가 느껴졌다. 몸서리처질 만큼 지독한 한기였다.

'니들 다 죽었다, 씨발 놈들!'

양류한과 도담도 뭔가를 느꼈는지 표정이 더욱 싸늘해졌다.

바로 그때, 사도무영이 천천히 걸음을 옮겼다.

비스듬히 앉아 있던 사팔뜨기 중년인이 몸을 세우고 사도무영을 노려보았다.

"정천맹 놈들은 아닌 것 같은데, 어디에 몸담고 있는 놈이냐?"

사도무영의 무심한 눈이 그를 향했다.

사팔뜨기 중년인의 몸에서 익숙한 기운이 느껴졌다.

'역시 놈들이었군.'

그의 입에서 나직한 목소리가 흘러나왔다.

"그건 지옥에 가서 알아봐, 사팔뜨기."

"이 찢어죽일 놈이……. 낄낄, 꼴에 자존심은 있다는 건가?"

"신월종파의 개들. 나를 못 알아보는 걸 보니, 나중에 나왔나 보군."

신월종파라는 말에 사팔뜨기 중년인의 표정이 서서히 굳어졌다.

"네가 어떻게 우리를 아는 것이냐?"

사도무영의 입가로 서릿발처럼 차가운 웃음이 번졌다.

"궁금해 할 것 없어. 어차피 지옥에 가면 다 알게 될 테니까."

차창!

사팔뜨기 중년인의 양 옆에 있던 두 장한이 무기를 빼들었다.

"감히 당주님께 그따위 헛소리를 하다니! 죽으려고 환장했구나!"

"주둥이가 찢어지고도 그리 말하나 보자!"

노성을 내지른 두 사람은 탁자를 훌쩍 뛰어넘더니 사도무영의 심장과 머리를 향해 검을 뻗었다.

신월종파의 특징인 쾌속하고 빠른 검이었다.

하지만 그들에게는 상대가 사도무영이라는 게 불행이었다.

용천풍으로 두 사람의 공격을 흘려낸 사도무영은, 좌수로 한 사람의 목을 움켜쥐고, 우수로는 도를 뽑아 다른 자의 목을 쳐버렸다.

와직!

서걱!

그야말로 눈 깜박할 시간도 안 돼 벌어진 일이었다.

사팔뜨기 중년인은 눈을 부릅뜨고 이를 악물었다.

"네놈이……!"

신월종파의 무사들이 벌떡벌떡 일어났다. 그들은 명이 떨어지기를 기다리지 않았다.

곧장 무기를 꺼낸 그들은 사도무영 일행을 향해 달려들었다.

"오냐, 이놈들! 모조리 죽여주마!"

이미 사도무영의 말에서 상대가 구천신교의 무사들이라는 걸 알아챈 장막심이었다.

그는 커다란 검을 뽑아들고 폭풍처럼 휘둘렀다.

그리고 양류한과 도담도 검을 뽑아들고는, 달려드는 신월종파 무사들을 맞이했다.

쾅!

사도무영은 앞에 있는 탁자를 발로 걷어찼다.

두께만 해도 반 뼘이 넘는 커다란 탁자가 사팔뜨기 중년인과 채찍을 든 자를 향해 날아갔다.

사팔뜨기 중년인, 신월교의 비월당주 우명귀는 탁자에 실린 가공할 기운을 곧바로 알아보았다.

대경한 그는 탁자를 막지 않고 옆으로 신형을 날렸다.

하지만 채찍을 든 자는 탁자에 실린 힘을 미처 알아보지 못했다.

"흥! 어림없다!"

휘리릭!

그는 채찍으로 탁자를 감아쥐어서 한쪽으로 던지려 했다.

그러나 탁자는 채찍에 감기고도 빠르게 날아들더니, 그의 복부에 사정없이 틀어박혔다.

퍽!

"크억!"

이 장을 날아간 그의 몸뚱이가 탁자와 함께 객잔 벽에 처박혔다.

허리가 부러졌는지 몸뚱이가 반으로 접혀 있었는데, 입을 떡 벌리자 주르륵 피가 쏟아졌다.

"끄어어어……"

사도무영은 단숨에 채찍을 든 자를 처리하고, 만소개가 매달린 곳을 향해 가볍게 좌수 검지를 튕겼다.

회천지에 밧줄이 잘라지고, 만소개의 몸이 둥실 허공에 뜨더니 사도무영에게로 날아왔다.

가공할 허공섭물이었다.

사도무영은 만신창이가 된 만소개의 몸을 조심스럽게 내려놓았다. 그리고 아직도 정신을 차리지 못하고 있는 우명귀를 쳐다보았다.

그때 만소개가 실눈을 뜨고 말했다.

"저 사팔뜨기……. 실컷 좀…… 패주쇼."

사도무영은 만소개를 장막심에게 맡겼다.

"형님, 만소개 좀 맡아주십시오."

미친 듯이 검을 휘둘러서 신월종파 무사 셋을 꺼꾸러뜨린 장막심이 만소개가 있는 곳으로 날아왔다.

"걱정 말게! 어떤 놈이든 달려들면 몸을 네 조각 내주겠네!"

그가 내려섬과 동시에, 사도무영은 우명귀를 향해 걸음을 내딛었다.

무저의 암동에서 흘러나옴직한 목소리가 그의 입술 사이에서 흘러나왔다.

"이제 저 친구의 부탁을 들어줄 시간이군."

우명귀는 발작적으로 검을 빼들고 사도무영을 향해 달려들었다.

"오냐, 이놈! 죽어라!"

수라도가 허공을 일자로 갈랐다.

쩡!

단순한 힘의 격돌!

전력을 쏟아 넣은 검은 이미 우명귀와 하나가 되어 있던 터였다. 수라도와 검이 정면으로 부딪치자, 항거할 수 없는 거력이 우명귀의 몸을 튕겨냈다.

일 장을 나뒹굴고 벌떡 일어선 우명귀는 이를 악물고 뒤로 물러났다.

두 다리가 잘게 떨렸다. 목구멍이 턱 막혀서 숨쉬기도 힘들었다.

'어, 어디서 이런 놈이……'

도무지 믿을 수가 없었다.

서른한 명의 무사 중 남은 자는 반수에 불과했다.

단지 몇 번의 검이 오갔을 뿐이거늘!

꿈을 꾸는 기분이었다. 하지만 분명 눈앞에서 벌어진 현실이었다.

그는 입술을 깨물어 급히 정신을 차렸다.

채찍을 든 자는 그의 수하 중 다섯 손가락 안에 드는 강자다. 그라 해도 십초 안에 이기기 힘든 자. 한데 그러한 자가 단 일격에 허리가 부러져 죽었다.

그리고 자신은 상대의 일도조차 제대로 맞받지 못하고 튕겨져서 바닥을 뒹굴었다.

갑자기 몸서리쳐지는 한기가 느껴졌다.

온몸이 으슬으슬 떨렸다.

'으으으, 내가 상대할 수 있는 놈이 아니야!'

그는 단 일도에 상대의 능력을 파악했다. 앞에 있는 자는 이곳에 있는 수하 모두가 덤빈다 해도 이길 수 없는 진짜 고수였다.

더 두려운 것은, 상대의 손속이 자신 못잖게 독하다는 점이었다.

'여기서 죽을 순 없어!'

그는 사팔뜨기 눈을 재빨리 굴리고는, 그대로 바닥을 박차고 뒤쪽 창문으로 날아갔다.

이 장이 조금 넘는 거리. 일단 이곳을 빠져나가야 했다. 밖으로 나가면 충분히 자신 한 몸 정도는 빼낼 수 있을 것이었다.

한데 그가 막 창문을 넘어갈 때였다.

콰직!

기묘한 소리가 들리는가 싶더니, 발목에서 전해진 지독한 통증에 뇌리가 하얗게 타들어갔다.

'끄어억!'

동시에 몸이 붕 허공으로 뜨면서 창문과의 거리가 오히려 멀어졌다.

사도무영은 용천풍으로 우명귀를 따라잡고, 발목을 움켜쥐어서 으스러뜨렸다. 그리고 그의 몸을 개구리 잡듯이 패대기쳤다.

쾅!

우명귀의 몸뚱이에 탁자가 부서지며 나무조각들이 사방으로 비산했다.

그 광경이 어찌나 충격적인지, 싸우던 자들이 잠시 손을 멈출 정도였다.

곧 공포에 질린 신월종파 무사들이 악을 쓰며 사방으로 도망쳤다.

"도망쳐라!"

"빠져나가!"

그때까지 살아남은 자들은 모두 여덟 명이었다.

그들 중 세 명은 미처 객잔을 빠져나가지 못하고 적도광과 도담, 양류한에게 죽었다.

결국 도주한 자는 모두 다섯 명. 하지만 누구도 그들을 쫓으려 하지 않았다.

사도무영은 부서진 탁자 위에 널브러져 있는 우명귀를 보며 냉랭히 말했다.

"만소개의 부탁대로 실컷 패주려고 했는데, 한 대만 더 때리면 죽게 생겼군. 몇 가지 알아볼 게 있는데 말이야."

한여름에 서리가 내릴 것 같은 차가운 목소리.

사도무영 주위로 모이던 사람들이 흠칫하며 사도무영을 쳐다보았다.

'전보다 더 독해진 것 같군.'

'극독을 먹어서 더 독해진 거 아닐까?'

그때 만소개가 퉁퉁 부은 눈을 겨우 뜨고 실실 웃었다.

"크, 크, 크, 그, 그 정도면…… 돼, 됐……."

만소개를 살펴보던 장막심이 심각한 표정으로 말했다.

"아우, 그것보다 만소개의 부상부터 돌봐야 할 것 같네."

사도무영도 분노를 가라앉히고 만소개의 상태를 살펴보았다.

만소개의 몸은 핏물에 담갔다 꺼낸 것처럼 온통 피로 절어 있었다.

미안했다. 차라리 자신이 직접 알아볼걸.

"예, 형님. 일단 상태를 살펴보고, 부상이 심하면 구오자 어르신께 데려가야겠습니다."

순간, 만소개의 몸이 달달 떨렸다.

"아, 안……. 시, 싫……!"

그는 독이 싫었다.

사도무영은 객잔 주인에게 작은 금두 하나를 던져주었다. 부서진 탁자와 시신처리 비용이었다.

그 직후 만소개는 장막심이 품에 안고, 우명귀는 도담이 대충 어깨에 걸친 채 객잔을 나왔다.

구오자에게는 가지 않기로 했다. 진기로 만소개의 내상을 살펴봤는데, 생각했던 것보다 내상이 심하지 않았던 것이다.

만소개는 그 말을 듣고서야 편안한 표정으로 정신을 놓았다.

잠시 후.

사도무영 일행은 추강과 수라단원이 숨어 있는 숲에 도착했다. 근처에 피가 번져 있는 걸로 봐서 한바탕 싸움이 있었던 듯했다.

"이쪽으로 온 자들은 모두 다섯이었습니다, 령주. 다행히 하나도 놓치지 않고 모두 처리했습니다."

적도광이 말했다.

다섯이면 빠져나간 자가 하나도 없다는 말이었다.

"그를 내려놓으시오."

사도무영의 말에 도담이 우명귀를 내려놓았다.

사도무영은 요혈을 걷어차서, 기절한 우명귀를 깨웠다.

"끄억!"

우명귀가 입을 쩍 벌리며 눈을 떴다.

사도무영이 그의 두 눈을 직시한 채 말했다.

"말하고 싶으면 말하고, 싫으면 하지 마라. 어차피 확인 차원에서 물어보는 것뿐이니까. 대신 다섯 번씩 물어볼 거다. 첫째, 이곳에 온 것은 너희들이 전부냐?"

우명귀는 대답하지 않았다.

'미친놈, 내가 그렇게 입이 싼 줄 아느냐!'

하지만 그 대가로 부러진 발목을 한 대 맞았다.

퍽!

"크어어억!"

비명을 내지른 우명귀의 눈꺼풀이 파리채처럼 흔들렸다.

그제야 조금 전의 말이 뜻하는 바를 알 것 같았다.

다섯 번씩 묻는다고 했다. 대답하지 않을 때마다 고통을 주겠다는 말. 역시 자신만큼이나 악랄한 놈이었다.

'개자식, 확인만 한다면서……'

그때 사도무영이 다시 물었다.

"너희들이 전부인가?"

"그, 그렇……."

"좋아, 그럼 하나 더 묻지. 왜 온 거지? 무당파를 감시하기 위해서 온 건가, 아니면 무당파를 공격할 길을 찾기 위해서 온 건가? 첫 번째야, 두 번째야?"

"그, 그……, 꺽!"

"다시 묻지. 첫 번째야, 두 번째야?"

"두, 두 번째……."

"꼭 두 번 말하게 하는군. 그럼 이제 마지막으로 묻지. 정천맹에 첩자가 있지? 누군지 알아?"

우명귀의 눈빛이 간절하게 변했다.

"모, 몰……라……."

정말 모른 듯했다.

사도무영은 시간을 아끼기 위해 다른 것을 물었다.

"좋아, 그럼 다른 걸로 묻지."

결국 사도무영은 마지막, 다른 것, 하면서 대여섯 가지를 더 물었다. 우명귀가 영원히 말을 못할 때까지.

 그러고는 '너무 심하게 패대기쳤군. 더 물어볼 게 있었는데.' 그렇게 말하며 돌아섰다.

 사람들은 그런 사도무영을 보고, 역시 극독 때문에 성격이 변한 것 같다는 생각을 했다.

제9장
자소단의 대가

1.

방현을 떠난 사도무영 일행은 동쪽으로 길을 잡았다.

한데 그들이 이십 리쯤 달려 야트막한 고갯길을 넘었을 때였다. 저 앞쪽, 고개 아래에서 수십 명의 무사가 달려오는 게 보였다.

장막심이 그들을 보고 이마를 찌푸렸다.

"무당파의 제자들인 것 같네."

이미 저들도 자신들을 본 상황. 사도무영 일행은 걸음을 늦추었다.

다가오는 자들은 사오십 명쯤 돼 보였다. 장막심의 말대로 대다수가 무당파의 제자들이었는데, 다른 문파의 사람들도 십여 명 섞여 있었다. 아마 무당파의 속가제자이거나, 무당파로 일단 몸을 피한 정천맹의 무사들인 듯했다.

그들이 빠르게 다가오자, 사도무영이 양류한에게 말했다.

"양 형이 저들을 상대하시오."

장막심은 만소개를 안고 있고, 자신은 아직 존재를 알릴 때가 아니었다. 양류한은 사도무영의 뜻을 알고 앞으로 한 걸음 나섰다.

곧 무당의 제자들과 정천맹의 무사들이 사도무영 일행의 앞을 막았다.

"빈도는 무당의 송영이라 하네. 그대들은 누구신가?"

무당파의 도복을 입은 자들 중 사십 대 중년 도인이 앞으로 나서며 물었다.

양류한어 무표정한 얼굴로 대답했다.

"양류한이라 합니다."

"방현에서 오는 길인가?"

"그렇습니다."

송양도장의 바로 뒤쪽에 서 있던 자가 장막심을 바라보더니, 예리한 눈빛을 반짝이며 물었다.

"거기 부상당한 사람은 누구지?"

속인인 그는 송양도장과 비슷한 나이였는데, 말투는 송양도장의 반도 못 따라 갈만큼 예의가 없었다.

양류한도 그가 하는 것만큼 대해주었다.

"내 친구요."

"부상이 심한 것 같은데, 누구와 싸웠는가?"

"방현에 들어갔다가 어떤 미친놈들에게 당했소."

"그게 누구냐니까?"

"누군지 알면 내가 '어떤 미친놈'이라고 했겠소?"

양류한이 제법 대차게 나가자, 뒤에 서 있던 사도무영과 장막심이 의외라는 눈으로 양류한의 뒤통수를 쳐다보았다.

'많이 늘었군.'

'호오, 제법인데?'

하지만 중년인은 양류한의 대찬 반격에 기분이 그리 좋지 않았다. 그렇다고 당장 야단을 칠 수도 없는 일.

'이놈, 어디 꼬투리만 잡혀봐라.'

화를 꾹 누른 그는 눈살을 찌푸리고 만소개를 훑어보았다.

"저 사람은 개방의 제자 같은데?"

"맞소."

"누군가?"

"철표개 어른의 제자인 만소개요."

송양도장 뒤쪽에서 놀란 목소리가 터져 나왔다.

"헛! 철표개라면 개방의 상장로가 아니신가?"

"맞아, 나도 만소개란 이름을 들은 적이 있네. 개방의 젊은 제자 중에서 손가락 안에 들만큼 뛰어난 실력을 지녔다고 하던데······."

중년인은 뒤에서 들리는 말을 듣고 양류한을 노려보았다.

"그를 우리에게 넘겨라."

"귀하가 누군지 알고 내 친구를 넘긴단 말이오?"

어떻게 들으면 믿지 못해서 못 넘긴다는 말처럼 들리기도 했고, 또 어떻게 들으면 당신에게 넘길 이유가 없다는 말처럼 들리기도 했다.

'이 자식이……!'

중년인은 잠시 양류한을 쏘아보더니 싸늘하게 말했다.

"나는 팽가의 팽기완이다. 그는 엄연히 정천맹의 사람, 우리가 보살피겠다."

양류한이 바로 결정을 내리지 못하자 사도무영이 전음을 보냈다.

『안 된다고 하시오.』

정천맹이나 무당과 마찰이 생기는 것은 원치 않았다. 하지만 개방을 업신여기는 자들에게 넘겨봐야 정보만 얻고 홀대할지도 모르는 일. 그는 만소개가 그런 꼴 당하는 게 싫었다.

기다렸다는 듯 양류한이 대답했다.

턱까지 살짝 쳐들고.

"싫소."

일언지하의 거절. 게다가 자신을 밝혔는데도 공경의 눈빛은커녕 완전히 무시하는 태도다.

팽기완은 속이 부글부글 끓었다.

"젊은 친구가 꽤나 건방지군."

분위기가 이상하게 흐르자 송영도장이 나섰다.

"팽 대협, 이 일은 빈도에게 맡겨 주시오."

덩치 큰 자의 품에 있는 자가 정말 만소개이고, 만소개와 친구라 할 정도면 일단 자신들의 적은 아니라고 봐야 했다.

더구나 모두 나이는 젊지만, 몸에서 흐르는 기운이 범상치 않았다. 말다툼을 벌여서 좋을 게 없었다.

그러나 팽기완은 그와 생각이 조금 달랐다. 그는 자신을 무시한 양류한을 어떻게든 혼내주고 싶었다.

"도장, 저 젊은이의 말을 못 들었습니까?"

하지만 이번에는 송영도장도 쉽게 물러나지 않았다.

"나도 들었소. 그러니 좀 더 자세히 알아봐야겠소."

평소 자신의 말에 순순히 물러서던 송영도장이 의외로 강하게 나오자 팽기완도 한 발 물러섰다. 이곳은 무당파의 영역. 무시해서 좋을 게 없었다.

"으음, 알겠소이다."

팽기완이 물러서자 송영도장이 양류한에게 물었다.

"혹시 방현에서 오는 동안 수상한 무리를 보지 못했는가?"

"수상한 자들이라면, 우리와 싸운 자들밖에 보지 못했습니다."

송영도장의 눈빛이 반짝였다.

순찰을 돌던 제자에게서 수상한 무리가 나타났다는 보고가 올라왔다. 그 보고를 받자마자 급히 달려왔는데, 벌써 앞에 있는 젊은이들과 한바탕 싸운 듯했다.

"그들이 어느 문파의 사람들인지 알고 있는가?"

자신이 쉽게 대답할 수 없는 질문.

그러잖아도 끝없는 질문에 은근히 짜증난 양류한은 기다렸다는 듯 대답을 사도무영에게 떠넘겼다.

"사도 형이 안다고 했지요?"

제법 노련한 떠넘김이었다.

사도무영은 속으로 쓴웃음을 지으며 담담히 대답했다.

"정확치는 않지만, 짐작 가는 바가 없는 것은 아닙니다."

송영도장의 눈이 사도무영을 향했다.

"어디 자네의 짐작을 이야기해 보게."

"이 근처에서 그 정도 인원을 움직일 수 있는 곳은 두 곳밖에 없습니다. 하나는 정천맹이고, 하나는 구천신교지요."

정천맹은 아닐 터, 결국 구천신교라는 말.

송영도장은 굳은 눈으로 사도무영을 직시했다.

"그들이 아직도 그곳에 있을지 모르겠군."

"있을 겁니다."

팽기완이 코웃음 치며 끼어들었다.

"흥! 멍청하기는! 행적이 이미 드러났는데 아직도 그곳에 있을 것 같으냐? 본 맹이 움직일 게 두려워서라도 벌써 도망갔을 거다."

사도무영은 무심한 눈으로 그를 바라보았다.

"그들은 방현을 떠날 수 없소."

"훗, 그들이 왜 방현을 떠날 수 없단 말이냐? 단체로 다리몽둥이가 부러지기라도 했단 말이냐?"

"모두 죽었으니까. 서른한 명 모두."

"……."

팽기완의 눈이 점점 커졌다. 입도 반쯤 벌어진 채 굳어버렸다.

그들이 누구에게 죽었는지는 굳이 물어볼 것도 없었다.

사실이냐고 물어보지도 않았다.

그도 강호물을 이십 년이나 먹은 사람. 상대의 말에서 사실과 거짓을 판단한 정도의 눈치는 있었다.

'이 자식들……. 도대체 뭐하는 놈들이야?'

송영도장은 일행을 둘로 나누었다.

그리고 정확한 것을 알아볼 겸, 사실이라면 뒤처리도 할 겸 그 중 한 조를 방현으로 보냈다. 팽기완이 자청해서 조장을 맡더니 부리나케 떠나갔다.

그들이 떠나자 송영도장이 양류한에게 물었다.

"함께 무당으로 가지 않겠나?"

양류한은 고민하는 척하며 사도무영의 지시를 기다렸다.

사도무영은 송영도장의 제의를 거절하라는 지시를 내리려고 했다. 그런데 장막심이 전음을 보냈다.

『아우, 무당파에 영약이 많은 걸로 알고 있네. 그 약을 얻을 수 있다면 만소개의 내상을 빨리 치유시킬 수 있을 거 같은데…….』

그것도 괜찮을 것 같았다. 벽검산장의 사람들이 마음에 걸리긴 했지만.

그러나 그가 알기로 벽검산장 사람들은 모두 남양으로 간 상태. 만소개를 치료하는 동안만 머무는 거라면 상관이 없을 거 같았다.

만약 그들이 무당파에 있다면 그냥 나오면 되는 일이고.

오히려 그보다 더 큰 문제는 도담과 적도광을 비롯한 수라곡 사람들이었다.

숫자가 스무 명이나 되었다. 특히 수라단원의 엉뚱한 행동은 사도무영조차 걱정이 안 될 수가 없었다. 그들을 데리고 무당산에 오른 후, 자칫 정체가 밝혀지기라도 하면 큰 문제가 아닌가 말이다.

그렇다고 구오자의 거처로 보낼 수도 없고……. 운양장으로 보내자니 북궁조의 눈이 걸리고…….

한데 그때, 장막심이 그럴듯한 생각을 해냈다.

『잠시 절궁에 있으라고 하면 어떻겠나? 구천신교 놈들도 그곳까지는 신경을 쓰지 못할 것 같은데. 정 이상하다 싶으면 되돌아오라고 하지 뭐.』

장막심의 말이 옳았다. 구천신교는 보강, 남장을 거쳐 양번까지 차지한 상태가 아닌가. 한참 뒤쪽에 있는 토가족 마을쯤은 그들의 안중에 없을 터. 절궁이 오히려 무당보다 훨씬 더 안전할지 몰랐다.

사도무영은 웃는 눈으로 장막심을 바라보았다.

『왜…… 그런 눈으로 보는가? 너무 위험한가?』

『아뇨, 멋진 생각이어서요.』

그런데 왜 그런 눈으로 봐?

장막심은 눈을 깜박거리며 고개를 모로 꼬았다. 처음으로 칭찬을 받다 보니 오히려 의심이 들었다.

'설마 나를 놀리는 건 아니겠지?'

그 사이 사도무영은 도담과 적도광에게 명을 내렸다.

그리고 양류한이 송영도장에게 대답했다.

"그렇게 하지요. 만소개의 부상도 치료해야 할 것 같으니까요. 그런데 듣자하니 무당에 뛰어난 약이 많다고 하던데……."

2.

사도무영 일행은 송영도장을 따라 무당파로 갔다.

그들은 석양마저 넘어가고 어스름이 무당산을 뒤덮을 즈음 무당파에 도착했다.

사도무영 일행이 만소개를 안고 무당파의 도관으로 들어가자 많은 사람들이 주시했다.

옷을 찢어 상처부위를 싸매긴 했지만, 흘러나온 피로 온몸이 붉게 변한 만소개의 모습은 사람들의 시선을 붙잡기에 충분했다.

그나마 어스름으로 인해서 마른 피가 검게 보인다는 게 다행이었다.

'역시 벽검산장의 사람들은 안 보이는군.'

주위를 둘러본 사도무영은 내심 안도하며 양류한의 뒤를 따라갔다.

그는 무당을 떠날 때까지 양류한을 내세울 작정이었다. 누가 뭐래도 가장 든든한 배경을 지닌 사람이 아닌가.

낙산대호의 아들!

만약 무슨 일이 벌어진다면 양류한의 신분을 밝힐 생각이었다. 정천맹도 낙산장을 무시할 수는 없을 테니까.

그 사이 송영도장은 사도무영 일행을 객당으로 안내했다.

객당에는 제법 많은 사람들이 들어차 있었는데, 다행히도 빈 방이 하나 남아 있었다.

"양 소협, 오늘 밤은 이곳에서 지내시게. 만소개에 대한 것은 약당의 소연 사숙님께 말씀드려 보지. 늦어도 내일 아침까지는 답을 들을 수 있을 거네."

"부탁드리겠습니다."

"만소개는 엄연히 정천맹의 사람. 본 파의 어른들께서도 외면하지 않으실 거네."

사도무영 일행을 객당에 남겨둔 송영도장은 곧장 무당파의 장문인인 소명도장을 찾아갔다.
소명도장은 송양의 말을 듣고 놀라움을 금치 못했다.
"그게 사실이더냐?"
"팽 대협이 확인하러 갔으니 돌아와야 정확히 알 것 같습니다만, 거짓은 아닌 듯 보입니다."
"흠, 철표개의 제자인 만소개와 친구라면 그리 수상한 자들은 아닌 것 같구나."
"제자도 그리 생각해서 일단 본산으로 데려왔습니다."
"만소개를 치료하기 위한 약을 원한다고?"
"예, 장문인. 해서 소연 사숙께 부탁해볼 생각입니다."
"구천신교 놈들이 방현까지 왔다는 것은 우리 무당을 엿보기 위함일 터. 어쨌든 그들 덕에 적도를 미리 처리할 수 있었으니 그에 대한 보답을 해주는 것도 괜찮겠지."
"소연 사숙께 그리 말씀드리겠습니다."

사도무영은 만소개의 몸을 자신의 진기로 다스렸다.
일각 가량이 지나자, 창백하던 만소개의 얼굴에 혈기가 돌았다.

"어떤가?"

사도무영이 손을 떼자마자 장막심이 물었다. 양류한도 궁금한 표정으로 사도무영의 입을 바라보았다.

"너무 걱정 마십시오. 피를 많이 흘린 게 문제일 뿐, 생각했던 것보다 심하지는 않습니다."

"그래?"

장막심은 사도무영의 말에 반색했다.

안고 오는 동안 맥이 약해져서 걱정했는데, 사도무영이 심하지 않다고 하니 안심이 되는 것이다.

양류한도 그간 걱정이 되었는지 사도무영의 말을 듣고 안도의 숨을 내쉬었다.

하지만 두 사람이 모르는 게 있었다. 사도무영의 기준과 그들의 기준이 많이 다르다는 걸.

사실 만소개는 이십여 군데는 큰 자상과, 내력이 실린 채찍에 맞아 내상이 중한 상태였다. 다만 당장 죽지 않을 정도일 뿐.

한데도 사도무영은 큰 걱정을 하지 않았다.

무당의 소양단과 자소단은 예로부터 소림의 소환단, 대환단과 함께 영험함으로 유명했다.

자소단은 무리겠지만 소양단 하나 정도는 얻을 수 있을 것이었다. 순순히 안 주면 얻어낼 방법도 있고.

만약 그도 안 되면 마지막 방법을 써볼 작정이었다.

3.

송영도장은 어둠이 무당산을 완전히 집어삼킨 직후 찾아왔다.
"허락이 떨어졌네. 만소개를 데리고 소연 사숙께 가보세."
사도무영 등은 만소개를 조심스럽게 끌어안고 송영도장을 따라 약당으로 갔다.
약당의 주인인 소연도장은 주름이 가득한 눈꺼풀을 들어 올리고, 구겨진 인상으로 그들을 맞이했다.
"사숙, 데려왔습니다."
송영도장이 공손하게 인사하며 말했지만, 소연도장의 구겨진 얼굴은 쉽게 펴지지 않았다. 늦은 시간에 일거리를 가져와 짜증이 난 듯했다.
"크흠, 그쪽으로 눕혀라."
장막심이 한쪽에 만소개를 눕혔다.
소연도장은 힐끔 송영도장을 흘겨보고는 축객령을 내렸다.
"너는 그만 가봐."
송영도장은 사숙의 심기가 불편하다는 것을 알고는 토를 달지 않고 뒤로 물러났다.
"양 소협, 제자아이 하나를 밖에 남겨 놓겠네. 치료가 끝나면 그 아이를 따라 객당으로 돌아가게나."
그는 양류한에게 작은 소리로 속삭이고 방을 나갔다.
사도무영 일행만 남겨놓은 것에 대해선 크게 걱정하지 않았다. 검을 쓰는 게 싫어서 약당에 웅크리고 있을 뿐, 소연도장은 세상에 알려지지 않은 고수였다. 무당에서 세 손가락 안에 드는 진정한 고수.

소연도장도 사도무영 일행은 쫓아내지 않았다. 심부름을 할 사람이 한둘 정도는 있어야 하니까.

소연도장은 송영도장이 나간 후에야 만소개의 몸을 살펴보았다. 하지만 자세히 살펴보기도 전에 눈살을 잔뜩 찌푸렸다. 그러잖아도 자글자글하던 주름이 두 배나 되었다.

"된통 당했군. 뭐해? 천을 풀어봐."

그의 말에 장막심과 양류한이 나서서 만소개의 몸을 감싼 천을 풀었다.

상처를 본 소연도장은 눈살을 더욱 심하게 찌푸렸다.

"이 상태로 살아있는 게 신기하군."

그는 뼈만 남은 손으로 만소개의 맥문을 잡았다. 그리고 눈을 감은 채 만소개의 상태를 살펴보았다.

얼마나 지났을까, 눈을 뜬 소연도장이 혀를 차며 말했다.

"쯔쯔쯔, 겨우 목숨만 붙어있어. 이거, 고치려면 힘 좀 들겠는 걸?"

장막심과 양류한이 사도무영을 쳐다보았다.

피를 많이 흘렸을 뿐 걱정할 정도는 아니라고 하지 않았던가.

물론 사도무영은 그렇게 말했다. 그리고 그 생각은 지금도 변함이 없었다.

"그래도 죽을 정도는 아니니 너무 걱정하지 않으셔도 됩니다, 형님."

소연도장이 주름진 눈을 들어 사도무영을 바라보았다.

"죽을 정도는 아니라고?"

"제가 진맥해 보니 그렇게 느껴졌습니다만."

"물론 당장 죽을 부상을 입은 것은 아니다. 하지만 매우 위급한 상태인 것만은 분명하니라."

"사람의 목숨은 우리가 아는 것보다 훨씬 더 질기더군요. 만소개는 그 정도에 죽지 않을 겁니다."

소연도장의 눈빛이 묘하게 반짝였다.

"클클, 누가 들으면 가벼운 상처를 입은 줄 알겠군. 이놈아, 이 거지 놈의 기력은 지금 바람 앞의 등불과 같은 상태다."

"그 정도는 소양단 한 알이면 충분히 만회할 수 있을 것 같습니다만."

"뭐야? 지금 나에게 소양단을 내놓으라는 말이냐?"

"자소단까지는 굳이 바라지 않습니다."

"허어, 이제 보니 미친놈이로구나. 소양단이 자소단만 못하다 한들, 말만 하면 언제라도 내줄 수 있는 것인 줄 아느냐?"

"아무리 귀하다 해도 사람 목숨보다 귀하겠습니까?"

소연도장은 사도무영을 뚫어지게 쳐다보았다.

"사람도 사람 나름이니라."

"왜요? 만소개가 개방의 거지라서 별 가치가 없는 목숨처럼 생각되십니까?"

"누가 그렇다고 했느냐?"

"그럼 왜 줄 수 없단 말씀입니까?"

"더 소중한 곳에 사용하고자 함이니라."

"만소개의 목숨은 소중하지 않단 말씀처럼 들리는군요."

"그런 뜻이 아니라니까!"

"도문에 몸을 담고 의술을 배우신 분이, 설마 사람의 목숨을 앞에 두고 가치를 논할 줄은 몰랐군요."

소연도장의 얼굴이 벌겋게 달아올랐다.

"어린놈의 주둥이가 상당히 매섭구나."

"언제든 진실 된 말은 매섭게 들리는 법이지요."

"이…… 네놈이……."

사도무영은 소연도장이 발끈해서 소리치려고 하자 담담한 말투로 그의 말을 끊었다.

"좋습니다. 그럼 노도장님의 말씀이 옳다는 전제 하에 한 가지만 묻겠습니다."

소연도장은 씩씩대며 마음을 가라앉히기 위해 도호를 외웠다.

"원시천존, 진무대제께선 이 늙은이가 마음을 누를 수 있게 도와주소서……."

그는 두 손을 합장한 채 눈을 감았다 떴다.

하지만 사도무영을 보자 다시 속이 부글부글 끓었다.

"뭐냐, 말해 봐라."

"소양단을 아낌없이 사용하려면 어느 정도의 가치가 있는 목숨이어야 합니까?"

"그건……."

"무당파의 장로분들 정도라면 당연히 그런 가치가 있겠지요?"

그거야 말해 뭐하랴.

하지만 소연도장은 바로 대답을 할 수가 없었다. 자신의 입으로 그렇다고 하면, 만소개의 목숨은 그만 못하다는 걸 인정하는 셈이 되는 것이다.

사도무영이 왜 그의 마음을 모를까. 처음부터 그걸 생각하고 억지에 가까운 말로 토를 달았는데.

그가 넌지시 제안을 했다.

"그럼 제가 언제든 무당파 장로분들 중 한 분의 목숨을 구해드리겠습니다. 그럼 될 거 같습니다만. 만약 자소단을 내주신다면……."

사도무영이 잠깐 말을 멈추고 손가락 세 개를 폈다.

"거기에 더해 송자배 제자 세 분을 구해드리지요."

소연도장은 어이가 없었다. 분노가 극에 달하면 웃음이 나온다더니, 그의 입에서 노성 대신 웃음이 터져 나왔다.

"킬킬킬킬, 미친놈! 네놈이 무슨 재주로?"

사도무영은 낄낄거리는 소연도장을 지그시 쳐다보며 우수를 옆구리로 가져가 수라도를 잡았다.

찰나! 사도무영의 옆구리에서 한 줄기 청광이 안개처럼 피어났다.

은은하면서도 뚜렷한 모양을 갖춘 청광은 유유히 허공을 흐르더니, 소연도장의 어깨에 사뿐히 내려앉았다.

너무나 느린 듯 보여서 보는 사람이 따분할 정도였다.

하지만 소연도장이 급히 기운을 일으켰을 때는 이미 수라도가 그의 어깨에 얹어진 후였다.

"이, 이, 네놈이……!"

소연도장은 눈을 부릅뜨고 사도무영을 노려보았다.

옆에 있던 장막심과 양류한도 멍한 표정으로 사도무영의 옆모습을 바라보았다.

설마 무당파와 한바탕 싸우겠다는 건 아니겠지?

사도무영도 그럴 생각은 눈곱만큼도 없었다.

천천히 도를 거둔 그가 담담히 웃으며 말했다.

"무슨 재주가 있냐고 해서 보여드렸습니다만, 왜 그런 표정이십니까?"

"흥, 그 정도론 어림도 없다, 이놈! 내 아무리 무공이 약하다 해서 보는 눈까지 없는 줄 아느냐? 네놈이 나를 곤란하게 만들었을지는 몰라도, 본 파의 장로들이라면 네가 도를 빼기도 전에 검으로 네 콧구멍을 쑤셨을 거다."

사도무영의 입가에 매달린 웃음이 서서히 짙어졌다.

"미처 몰랐군요. 무당의 장로들께서 모두 노도장님보다 더

한 고수들이었다니. 그럼 걱정할 일이 없겠군요."

"뭐, 뭐야? 그게 무슨 뜻……?"

"조금 전, 제 도가 목표 부위에서 삼 푼 가량 밀렸지요. 천하에서 제 도를 찰나의 순간에 심력만으로 밀어낼 수 있는 사람은 그리 많지 않습니다. 한데 그런 노도장님보다 더 강한 고수들이 무당에 많다니, 무당은 구천신교를 걱정할 필요가 없지 않겠습니까?"

순간 소연도장의 노안에서 자잘한 파랑이 일었다.

'그럼 조금 전의 상황이, 내가 방심해서 벌어진 게 아니란 말인가?'

화를 내던 중에 웃다 보니 심기가 흐트러졌다. 그 바람에 공격을 막지 못했다 생각하고 어이가 없었는데, 그게 아닌 듯했다.

소연도장은 조금 전의 상황을 하나하나 떠올려 보았다. 그리고 곧, 자신이 얼마나 위험한 상황이었는지를 깨달았다.

'빤히 보고 있었으면서도 막지 못했다. 만약에 내가 긴장하고 처음부터 대처했다면?'

그래도 자신이 없었다.

그가 본 것은 도의 잔상. 본능적으로 밀어낸 것은 도의 후발 기운일 뿐. 너무 빨라서 느리게 보인 것이었다.

게다가 상대의 일도에는 자신의 모든 것을 벨 수 있는 거력이 담겨 있었다. 자신조차 가늠할 수 없는 가공할 힘이.

'만일 적이었다면……?'

좀 전에 죽었을 것이다. 목이 잘린 채.

그제야 도가 얹어졌던 어깨가 잘게 떨렸다.

얼음덩이가 등줄기를 타고 싸하게 밀려 내려가는 느낌!

악다문 턱에 힘을 준 소연도장은 고요한 눈으로 사도무영을 직시했다. 조금 전의 주름이 자글자글한, 힘없는 노도인의 모습은 그의 어디에서도 보이지 않았다.

"너……, 누구냐?"

"그 전에 제가 말씀드린 이야기부터 끝내지요."

소연도장의 눈빛이 흔들렸다.

그는 이제 사도무영의 말이 헛소리가 아니라는 걸 안다. 하기에 그의 말이 얼마만한 가치가 있는지도 잘 알 수밖에.

지금은 혼돈의 시기. 무당에도 언제 어떤 위험이 닥칠지 모르는 상황이 아닌가.

그는 마음을 가라앉히고 손익을 따져봤다.

'유비무환이라, 튼튼한 밧줄 하나쯤 미리 준비해 놓아서 나쁠 건 없겠지.'

그 대가로 자소단 하나면 그리 손해 보는 일도 아니고.

하지만 소연도장도 사도무영의 뜻대로 해주기는 싫었다. 고집이라면 고집이고, 자존심이라면 자존심이었다.

"셋으로는 안 된다. 자소단은 약당을 맡고 있는 나도 한 알밖에 없다."

"그럼 넷으로 하지요."

"다섯. 그 이하로는 줄 수 없다."

"소양단까지 하나 덤으로 주신다면 생각해 보죠."

"좋다, 단 소양단도 줄 테니, 힘이 닿는 대로 삼대 제자들도 구해줘라."

사실 무당을 돕기 위해 움직이면 하나든, 둘이든, 열이든 숫자는 아무런 상관도 없었다. 그럼에도 사도무영은 굳이 사람 수와 횟수를 정하려 했다.

"좋습니다. 대신 딱 한 번뿐입니다."

소연도장도 지지 않고 말했다.

"숫자가 모자라면 다음에 또 구해줘야 한다. 약속을 어기면 넌 남자도 아니니라."

사도무영은 자소단으로 인해 속박당하는 게 싫어서, 소연도장은 어떻게든 엮어 놓으려고 고집을 피우는 것이었다.

장막심과 양류한은 입을 꾹 다문 채 그 광경을 지켜보기만 했다.

도대체 뭐가 뭔지…….

'만소개는 언제 치료하려는 거야?'

'설마 저러는 사이에 죽는 건 아니겠지?'

도저히 안 되겠다 생각한 장막심이 두 사람 사이에 끼어들었다.

"저, 도장님."

"왜?"

소연도장은 장막심을 노려보며 외마디로 쏘아붙였다.
찔끔한 장막심이 만소개를 가리켰다.
"만소개는 언제 치료하시려고……."
"내가 알아서 할 것이니라. 왜? 불만이냐?"
"아, 아닙니다."
장막심은 급히 손을 저었다.
'노인네가 성질은……. 왜 아우에게 당하고 나한테 화풀이야?'
결국, 소연도장은 사도무영에게 꼬치꼬치 따진 다음에야 치료를 시작했다.
사도무영도 소연도장의 요구를 다 받아주는 척하면서 챙길 것은 다 챙겼다.
'천보장의 아들로서 손해 보는 짓을 할 수는 없지.'

4.

다음 날 아침.
새벽 내내 운공을 한 사도무영은 일곱 번의 대주천이 끝나자 자리에서 일어났다.
몸의 상태는 완벽했다. 간간이 느껴지던 독기도 완벽하게 제거된 듯 온몸이 시원했다.

그는 한쪽에 누워 있는 만소개의 몸을 살펴보았다.

안정된 숨결. 끊이지 않고 흐르는 진기. 어제보다 훨씬 나아진 상태였다.

'영약이 좋긴 좋군.'

거기다 소연도장의 의술과 사도무영의 내공이 더해졌다. 좋아지지 않으면 그것이 이상했다.

한데 그때였다. 그가 만소개를 바라보고 있는데 옆에서 짜증이 잔뜩 묻은 신음소리가 들렸다.

"끄으응……."

고개를 돌린 사도무영의 입가에 피식, 웃음이 걸렸다.

장막심과 양류한은 한 침상을 사용하고 있었다. 그런데 장막심의 통나무 같은 다리가 양류한의 배에 올라가 있고, 양류한은 만근 바위에 짓눌린 듯 인상을 잔뜩 쓴 채 숨을 몰아쉬는 것이 아닌가.

신기했다. 깃털만 내려앉아도 그 차이를 느끼는 절정고수가 그 상황에서 깨지 않고 자다니.

그만큼 서로를 믿고 있다는 말이었다.

하지만 장막심이 손까지 뻗어 양류한을 끌어안자, 끝내 양류한이 잠에서 깼다.

"이 양반이 진짜!"

휙!

배 위에 놓인 다리를 잡아 던진 양류한은 씩씩대며 장막심을 노려보았다. 한 대 칠 것처럼 주먹을 움켜쥐고.

뒤늦게 잠에서 깬 장막심은 눈을 비비며 양류한을 올려다보았다.

"왜 그래? 나쁜 꿈이라도 꾸었나?"

양류한은 장막심의 코앞에 바짝 얼굴을 들이대고 말했다.

"커다란 멧돼지가 달려드는 꿈을 꾸었죠."

"허어, 그럼 돼지꿈이군. 아니지, 그건 돼지꿈이 아닌가?"

"짜증이 나서 달려드는 멧돼지를 작신 패려다가 꾹 참았습죠. 자세히 보니 제가 아는 사람하고 닮았지 뭡니까."

"그래도 한 대 패지. 아무리 꿈이라 해도 받히면 기분이 더러울 텐데 말이야."

양류한이 장막심을 향해 주먹을 들어올렸다.

"알겠습니다. 다음에도 나타나면 일단 패고 보죠."

"그런데…… 왜 나를 그런 눈으로 보나? 잘하면 때릴 것 같군."

"제가 왜 이러는지 정말 모르시겠습니까?"

"자네가 말을 해주지 않았는데, 내가 어떻게 아나?"

사도무영은 빙그레 웃으며 창문으로 다가갔다.

창문을 열자 정갈하게 가꿔진 정원과 넓은 마당이 보였다.

무당파에는 무당의 제자만 있는 것이 아니었다. 제갈세가에서 패퇴한 정천맹의 무사들 중 상당수가 무당으로 온 상황. 창문 밖으로 보이는 사람 셋 중 하나는 정천맹의 무사일 정도였다.

'정천맹이 남양과 무당 양쪽에 힘을 집중한 후 구천신교를 압박할 생각인가 보군.'

그것도 괜찮은 생각이었다. 그러나 단점도 있었다. 힘이 분산되면 자칫 하나가 무너질 경우 연달아 무너질 수가 있는 것이다.

'정천단을 얼마나 빨리, 얼마나 강한 자들로 구성하느냐 하는 것이 관건이겠군.'

한데 그때, 창문 밖을 쳐다보던 사도무영의 눈에 기광이 반짝였다.

'응? 저 사람들은……?'

무당파의 산문 쪽에서 대여섯 명이 급히 달려오는 게 보였다. 그도 아는 사람들, 팽기완과 함께 방현으로 조사를 나갔던 무사들이었다.

한데 옷에 피가 묻어 있고, 표정이 잔뜩 굳은 걸 보니 심상치 않은 일이 벌어진 듯했다.

그들은 빠르게 안쪽으로 달려가더니 순식간에 시야에서 사라졌다.

그동안에도 뒤에서는 장막심과 양류한이 옥신각신하고 있었다.

"글쎄, 내가 언제 자네 몸에 다리를 올렸단 말인가?"

"다리만 올린 줄 아십니까? 저를 끌어안기까지 했단 말입니다."

"어허! 그게 무슨 말인가? 자네가 여자도 아닌데 왜 내가 끌어안아? 나는 남색을 즐기지 않는다구."

양류한의 얼굴이 벌게졌다. 하지만 이대로 물러설 수는 없는 일. 그는 이를 악물고 말했다.

"혹시 압니까? 아홉 살 때 좋아하던 여자를 친구에게 빼앗긴 충격으로, 여자를 싫어하고 남자를 좋아하게 됐는지."

장막심도 눈에 힘을 주었다. 목소리도 나직하게 깔고.

"나는 여자를 싫어하지 않아. 그리고 남색을 즐기는 놈들은 죽여야 한다는 생각을 가지고 있지."

"그럼 왜 저를 끌어안는 겁니까?"

"난 자네를 끌어안은 적 없다니까."

양류한이 홱 고개를 돌리더니 사도무영에게 구원을 청했다.

"사도 형은 깨어 있었으니 조금 전 상황을 누구보다 잘 알 거요. 누구 말이 맞습니까?"

거짓말을 할 수도 없고, 그렇다고 사실대로 말하자니 장막심이 무안해 할 것 같고.

사도무영은 그 대책으로 화제를 돌렸다.

"그보다, 아무래도 심상치 않은 일이 벌어진 것 같습니다. 팽기완이란 자와 함께 갔던 자들이 피투성이가 되어서 돌아왔군요."

장막심과 양류한은 서로를 한 번 노려보더니, 언제 그랬냐는 듯 창문 쪽으로 달려왔다.

사실 양류한은 장막심과 다투고 싶은 마음이 없었다. 장막심이 다리를 올려놨든, 몸을 끌어안았든 이미 지난 일이니까. 그럼에도 끝까지 장막심을 몰아붙인 것은, 순전히 재발방지를 위해 그런 것이었다.

 그리고 장막심은, 자신이 양류한을 끌어안았다는 걸 잘 알고 있었다. 약이 올라서 부정하는 것일 뿐.

 '쳇, 꿈에 멋진 여자가 나타나서 확 끌어안고 입을 맞추었는데……. 양류한이 잠만 깨우지 않았으면 더 화끈한 상황까지 갔을지도……. 나쁜 자식!'

5.

 아침식사를 마치자마자 정천맹 무사들의 움직임이 부산해졌다.

 긴장과 초조가 동시에 느껴지는 표정. 마치 전쟁을 앞둔 병사들 같았다.

 송영도장이 사도무영 일행의 방을 찾아온 것은 그 무렵이었다.

 "식사는 맛있게 드셨나?"

 역시 양류한이 나섰다.

 "예, 도장님."

 "만소개는 어떤가? 많이 나아졌나?"

사도무영이 담담한 어조로 대답했다.
"영약의 효과를 봤나 봅니다. 모든 게 어제보다 훨씬 나아졌습니다."
"정말 다행이군."
송영도장도 약당 밖에서 대기하던 제자에게 들었다.
소연도장이 만소개를 살리기 위해 자소단과 소양단을 썼다고 했다.
그 고집 세고 깐깐한 사숙이 웬일로 목숨만큼이나 아끼던 영단을 내놓았을까?
그 이유를 알지는 못했다. 다만 분명한 것은, 천금을 줘도 얻을 수 없는 자소단마저 썼는데 차도가 없으면 무당의 위신이 땅에 떨어진다는 점이었다.
"자소단은 본파에도 아홉 알밖에 없는 영약이라네. 내공증진에 많은 도움이 될 게야."
잠자코 바라보던 사도무영이 물었다.
"소연도장님께서도 그리 말씀하시더군요. 그런데 송영도장님. 반 시진 전쯤, 팽 대협과 함께 갔던 사람이 들어오더군요. 무슨 일입니까?"
송영도장은 사도무영을 바라보았다.
왠지 찝찝한 기분.
사도무영을 보면 꼭 세수를 한쪽만 한 기분이었다.
'내가 뭘 놓치고 있는 거 같은데, 그게 뭔지를 모르겠단 말

이야.'

하지만 어쩌랴, 생각이 나지 않는데.

"팽 대협 일행이 구천신교의 무리들과 한바탕 싸움을 벌였다고 하네."

"방현에서 말입니까?"

"아니네. 강을 따라 곡성 쪽으로 내려가던 중에 만났나 보더군."

"그 인원으로 적진 가까이 가다니. 너무 위험한 행동을 하셨군요."

"후우, 아마도 자네들에게 지기 싫어 그런 거 같네."

무슨 말인지 알 것 같았다. 팽기완이 자신들보다 더한 공을 세우겠다고 욕심을 부린 듯했다.

"피해는 어느 정도입니까?"

"일곱 명만 겨우 빠져나왔다고 하네."

모두 스물두 명이 갔다. 그럼 열다섯이 당했다는 말.

"팽 대협은……?"

"후퇴하던 중에 헤어졌다고 하더군. 부상을 당했다고 했는데, 아직 안 온 걸로 봐서 상황이 그리 좋지는 않은 것 같네."

"정천맹 무사들이 움직이는 걸 보니 뭔가 계획이 있을 것 같습니다만?"

"그의 생사를 확인하기 위해서 산을 내려가 볼 생각이네."

"무당도 함께 가는 겁니까?"

"어차피 본 파도 정천맹의 일원으로 정천단원을 파견해야 하는 입장이네. 해서 이 기회에 함께 움직이기로 했지."

"단순히 팽 대협의 생사를 확인하기 위한 것만은 아닌 것 같습니다만."

사도무영이 정곡을 찌른 듯, 송영도장이 쓴웃음을 지으며 말했다.

"언제까지 보고만 있을 수는 없는 일 아닌가?"

"남양의 정천맹 임시총단과 어느 정도 의견조율이 있었나 보군요."

송영도장의 눈에 놀라움이 떠올랐다.

몇 마디 말과 흐릿한 정황만으로 마치 본 것처럼 말하는 사도무영이다.

그때 문득, 여태껏 찝찝했던 기분의 정체가 생각났다.

그는 양류한과 사도무영을 번갈아 보았다. 그리고 사도무영에게 물었다.

"사도 소협과 양 소협, 둘 중 누가 상관인가?"

사도무영이 솔직하게 말했다.

"양 형과 저는 친굽니다. 상관이 따로 없지요."

명을 받는 사람은 있어도.

송영도장은 그래도 의문이라는 듯 이마를 좁히고 물었다.

"그래도 어떤 일이 벌어지면, 그 상황을 주관하는 사람이 있을 것 아닌가?"

"그건 제가 주로 하지요. 가끔은 양 형이 나설 때도 있습니다만."

너무나 자연스런 대답이어서, 송영도장은 속았다는 생각마저 들지 않았다.

"그랬군, 나는 여태 양 소협이 수장인 줄 알았네."

그는 그렇게 말하고는 고개를 갸웃거렸다. 찜찜함이 풀렸다 생각했는데 그래도 여전히 찌꺼기가 남은 기분이었다.

그때 사도무영이 질문을 던져 그로 하여금 깊은 생각을 하지 못하게 했다. 속았다는 생각을 하면 자신에 대해서 꼬치꼬치 물을지 몰랐다.

"무당파에선 어느 선까지 움직일 생각이십니까?"

"어느 선? 글쎄. 정천맹은 일단 제갈세가를 되찾으려 하겠지. 우리는 그들과 보조를 맞추는 식으로 움직일 거네."

"지금 출발하실 겁니까?"

"이각 정도면 준비가 끝날 거네."

이각이면 곧 출발한다는 말.

사도무영은 잠시 생각하고는 담담한 표정으로 말했다.

"어차피 저희도 이곳에서 오래 있을 생각은 없었는데 잘 됐군요. 함께 가지요."

"함께? 정천맹에 가담하겠다는 건가?"

"아닙니다. 그냥 무당파의 손님으로 생각하십시오."

송영도장으로선 손해 볼 일이 없었다. 방현에서 구천신교

무사 서른한 명을 죽인 자들이다. 비록 그들 중 세 사람에 불과했지만 큰 힘이 될 터였다.

양류한과 장막심만 해도 자신에게 뒤지지 않는 고수가 아닌가.

"우리를 도와주겠다니 고맙군. 그럼 만소개는……?"

"몸이 나을 때까지 소연도장님께 맡겨 놓을 생각입니다."

현재의 몸 상태로는 일어난다 해도 함께 다닐 수 없다. 소연도장이라면 자소단과 소양단의 약효를 최상으로 끌어올릴 수 있을 터. 잘하면 '꿩 먹고 알 먹고'일 터였다.

송영도장도 괜찮다는 생각이 들었는지 고개를 끄덕였다.

"하긴 약당에 맡겨놓으면 되겠군. 좋네. 그럼 이각 후에 보세."

송영도장이 방을 나가자 장막심이 물었다.

"소연도장하고 약속한 것 때문에 그러는가?"

"그것도 있지만, 무당파의 속가제자들 사이에 묻혀서 구천신교에 피해를 주는 것도 괜찮을 것 같아서요."

자신만만하게 무당파의 제자들을 공격하던 자들이 무너진다면, 구천신교도 함부로 무당파를 공격하지 못할 것이다. 자신은 그 사이 상대에게 최대한의 피해를 주고.

그러고는 기회를 봐서 유유히 사라질 생각이었다.

'북궁마야, 북궁조. 당신들 마음대로 되지 않을 거야.'

제10장
**추적(追跡),
그리고 그날 밤 운양장에서는……**

1.

북궁조는 손에 들린 서신을 보며 하얗게 웃었다.

"재밌군, 아주 재밌어. 그 계집이 섬에 처박혀 있단 말이지?"

서신은 동방경이 보낸 것이었다. 내용은 단순했다. 아마 동방경은 크게 생각하지 않고 썼을 것이었다.

하지만 그걸 보는 북궁조에게는 결코 단순한 내용일 수가 없었다.

사영이 동정호 삼령도라는 섬에 두 여자를 데려다 놓아다 하오. 한 여인은 적소연이라는 여인이고, 한 여인은 이름이 화설이라 하오. 아무래도 귀교에서 나온 여인 같은데, 아는 여인인지 모르겠구려.

화설.
그녀는 조화설이 분명했다. 적소연은 수라곡의 어린 계집일 것이고.
'후후후, 운이 좋군. 동방경, 그놈이 한 건 했어.'
내심 만족한 북궁조는 허공에 대고 이름 하나를 불렀다.
"진효."
천정에서 나직한 대답이 들렸다.
"예, 령주."
"호령비위(護令秘衛)들을 데리고 동정호에 다녀와야겠다."
"동정호라 하셨습니까?"
"그렇다. 동정호에 가서 삼령도라는 섬을 찾아라. 조화설이 그곳에 있으니, 잡아 와."
"존명!"
"호위가 있을 것이다. 만약 잡기가 힘들면 그 섬에 있는 모든 사람을 죽여라. 숫자가 얼마가 되든지 상관하지 말고."
"예, 령주."
호령비위는 본래 대교주의 비밀호위무사로 개개인이 삼령조에 뒤지지 않는 고수들이었다.
숫자는 모두 스물하나. 그 중 조장인 진효를 비롯해서 일곱 명이 자신을 지키기 위해 와 있었다. 그들이라면 조화설을 지키는 자들이 아무리 강하다 해도 처리할 수 있을 것이었다.

'최악의 경우라 해도 동귀어진은 하겠지.'

산 채로 잡아오면 최상이지만, 아니어도 상관없었다. 어차피 그녀만 죽으면 모든 벽이 사라지니까.

'악이가 나오기 전에 모든 것을 끝내야 돼.'

북궁조는 한 사람을 떠올리며 이를 악물었다.

'누구든, 내가 이룬 것을 빼앗아 가려는 자는 용서치 않을 것이다. 설령 악이 너라 해도!'

어제였다. 아버지와 이야기를 나누던 중 '악이'에 대한 이야기가 나왔다.

"후후후, 남양에 있는 놈들이 움직이려는 것 같다. 잘됐어. 한 번만 더 무너지면 쉽게 회복하기가 힘들 거야. 그럼 곧장 여주까지 칠 수 있겠지."

"소자의 생각 역시 아버님과 같습니다."

"혈음사의 혈승들에게 당가를 치라고 했는데, 아마 지금쯤 끝났을 것이다. 후후, 사천의 피바람 소식이 전해지면 놈들도 정신을 차리기 힘들 게야. 기회란 자주 오는 것이 아니니라. 참을 때 참았다가, 때가 되면 일거에 몰아붙여서 끝장을 내야 한다. 알겠느냐?"

"명심하겠습니다, 아버님. 하온데 혈음사의 혈승들은 언제 끌어들이신 겁니까?"

"벌써 십 년은 된 일이다. 후후후, 서장에 갔을 때 그쪽의 주지를 만났는데, 나와 마음이 잘 맞더군. 해서 넌지시 의견을 피력했더니 순순히 딸려오더구나."

"역시 아버님이십니다."

북궁조는 감탄한 표정으로 고개를 숙였다. 하지만 그의 머릿속에선 한 가지 생각만 맴돌았다.

'혈음사와 관계된 것은 오직 아버님만이 알 뿐이다. 그들과 연결된 선이 따로 있다는 말. 찾아야 해. 내가 모르는 정보망이 있다는 것 자체가 위험한 일이야.'

대교주인 북궁마야에게는 손발이 여러 개였다. 어쩌면 자신은 그 중 하나에 불과할지 몰랐다.

불필요하면 언제든 잘라낼 수 있는 손발 중 하나.

부자지간이란 것은 북궁마야에게 그리 중요하지 않았다. 그걸 믿고 안심하기에는 너무 많은 것을 알고 있었다.

'악이라면 다를지도……'

하지만 아쉽게도 자신은 '악이'가 아니었다.

그렇다면 다른 방법으로라도 신임을 얻는 수밖에 없었다.

'깜짝 놀랄 공을 세우면 달리 보겠지.'

그때 북궁마야가 말했다.

"그들이 올 때쯤이면 네 동생도 출관할 것이다. 서로 손발을 잘 맞춰서 천하에 현천의 뜻을 펼치도록 해라."

'악이가 벌써 나온다고?'

북궁조의 표정이 보일 듯 말 듯 굳어졌다.

말이 손발을 맞추라는 것이지, 동생인 악이를 도우라는 말이었다.

북궁조는 가슴 저 깊은 곳에서 끓어오르는 질시의 감정을 억누르고는, 아무런 내색도 하지 않고 대답했다.

"그거야 당연한 일이 아니겠습니까? 너무 걱정 마십시

오, 아버님."

 어제 그는 그렇게 대답하고 나왔지만, 그러고 싶은 마음이 조금도 없었다.
 자신이 형인데 왜 동생을 위해 인생을 바쳐야 한단 말인가.
 '아버님이 악이의 능력을 알게 된 삼십 년 전부터 악이의 정체를 감출 꼭두각시로 살아왔다. 하지만 더는 그렇게 살 수 없어!'
 북궁조는 묵광이 번들거리는 눈빛을 깊숙이 감추고 차갑게 웃었다.
 "후후후후, 나 역시 하늘의 기운을 받은 몸. 언젠가는 천하에 우뚝 설 것이다."

2.

 산을 내려온 무당파의 제자는 모두 백오십여 명이었다. 그중에는 소자 항렬의 장로가 다섯, 송자 항렬의 중견도인이 스물. 그리고 정자 항렬의 삼대제자 팔십에 속가제자들이 다수 끼어 있었다.
 거기다 장로 팽도산이 이끄는 정천맹의 무사 일백을 더하니, 일행은 모두 이백오십 명이 되었다.

―동료들의 복수를 하고, 강호의 정의를 위해 마를 멸하리라!

비장한 마음으로 무당산을 내려온 군웅들은 곧장 남쪽으로 내려갔다.

사도무영 일행은 무당파 속가제자들 틈에 끼어서 같이 움직였다.

무당파의 속가제자들은 세 사람을 이상하게 생각하지 않았다. 송영도장이 함께 움직이도록 했을 때는 그만한 이유가 있을 터였다. 물론 그렇다고 해서 살갑게 대하지도 않았지만.

사도무영 일행은 그들이 약간의 거리를 두는 걸 개의치 않았다.

어쩌면 잘 된 것일지도 몰랐다. 그만큼 자유롭게 움직일 수 있을 테니까.

그날 오후, 석화에 도착한 무당파의 제자와 정천맹 무사들은 일단 걸음을 멈추었다.

삼십 리만 더 내려가면, 남쪽으로 흐르는 한수와 서쪽으로 흘러드는 남하가 만나는 곡성이었다.

아직까지 구천신교가 곡성에 분타를 설치했다는 이야기는 들려오지 않았다.

그러나 남하 아래쪽은 구천신교의 대지로 변해버린 곳. 곡성이라 해서 안심할 수는 없었다.

무당파와 정천맹 무사들은 임시거처로 쓰기 위해 석화의 객잔 하나를 통째로 빌렸다.
　그리고 잠시 후, 간단히 식사를 마친 양 세력의 수장들은 객잔 이층의 탁자 세 개를 붙이고 빙 둘러 앉았다.
　사도무영 일행이 합류해 있는 조에 명이 떨어진 것은 그로부터 반 시진 가량 지났을 때였다.
　"팽 대협을 찾기 위한 수색과 순찰에 모두 오 개 조가 투입된다 하오. 우리 조도 지역을 할당 받았소. 일각 후 출발할 것이니, 혹시라도 볼일이 있는 사람은 미리 보도록 하시오."
　무당파의 속가제자는 모두 열여섯씩 삼조로 나뉘어 있었다.
　사도무영 일행이 속한 조는 삼조. 사람들을 둘러보며 입을 연 자는 삼조의 조장인 풍이한이란 중년인이었다.
　장한 하나가 그에게 물었다.
　"풍 사형, 팽 대협이 우리가 맡은 지역에 없으면 돌아오게 되는 겁니까?"
　"상황에 따라 남하를 건널지도 모르네. 팽 대협을 찾는 것은 임무 중 하나일 뿐이니까."
　풍이한의 말에 사람들이 웅성거렸다. 하지만 명령이 떨어진 이상 어쩔 수 없었다. 이곳을 떠난다면 몰라도.
　풍이한은 웅성거림이 잦아들자 사도무영 쪽을 바라보았다.
　"개인행동을 하지 말고, 우리와 너무 멀리 떨어지지 않도록 조심하게."

사도무영은 담담한 표정으로 고개를 끄덕였다.
'남하를 건널지도 모른다, 그 말이지?'
당장은 순찰조만 넘어가지만 곧 남은 자들도 모두 넘어갈 것이다.
문제는, 구천신교가 이들의 계획을 어느 정도까지 알고 있냐하는 것이다.
정천맹 내부에 간자가 있지 않던가.
'어쨌든 또 한 번의 폭풍이 몰아치겠군.'
사도무영은 한없이 깊어진 눈을 돌려 창문 밖을 바라보았다.
서쪽으로 떨어지는 태양이 점점 황금빛을 띠고 있었다.

일각이 지나자 객잔에서 수색조로 편성된 사람들이 빠져나왔다.
사도무영이 속한 속가제자 삼조도 늦지 않게 객잔을 나섰다.
석화를 벗어난 그들은 곧장 남쪽으로 길을 잡았다. 남하까지의 거리는 삼십 리 정도. 주위를 살피며 조심해서 가면 반 시진 정도 걸릴 것이었다.
석화에서 십 리쯤 이동했을 때 갈림길이 나왔다. 수색조는 그곳에서 각자 맡은 지역으로 가기 위해 흩어졌다.
"내일 아침에 보세."
"풍가야, 두려우면 지금 말해. 우리가 맡은 곳을 양보해 줄 테니까."

"하하하, 혹시 자네가 겁나는 건 아닌가? 걱정 말고 자네나 조심하게."

무당의 속가제자들은 서로의 무사안녕을 바라며 농을 건넸다. 하지만 정천맹의 무사들은 아무런 말도 없이 눈짓만으로 인사를 건네고는 자신들이 맡은 곳을 향해 달려갔다.

그들이 가고자 하는 곳은 안전지역이 아니었다. 언제 어느 때 구천신교의 무리들이 나타날지 모르는 일. 백척간두에 선 긴장감이 그들의 어깨를 짓눌렀다.

사도무영 일행이 속한 삼조는 갈림길에서 바로 서남쪽으로 향했다.

그렇게 일각, 야트막한 언덕 위의 커다란 고목나무 밑에 도착했을 때였다.

"정지."

풍이한이 나직이 말하고는 손을 들어 일행을 멈춰 세웠다.

"무슨 일입니까, 풍 사형?"

속가제자 중 하나가 풍이한에게 다가가며 물었다.

"여기서부터는 날개를 펼치듯 넓게 퍼져서 살펴보도록 하지."

"알겠습니다."

"서로 간의 거리는 이십 장 정도를 유지하고 좌우로 오가면서 자세히 살펴보도록."

얼굴이 길쭉한 사십 초반의 중년인이 앞으로 한 걸음 나섰다.

"제가 본 장의 사람들과 함께 강가 쪽을 맡지요."

그는 풍이한의 사제인 전관충으로 전가장이라는 작은 장원의 주인이었는데, 그와 함께 있는 사람들은 모두 전가장 사람들이었다.

"좋아, 그렇게 하게. 모두 두 시진 안에 찾지 못하면 이곳으로 돌아오도록. 기왕이면 오면서 다른 곳도 살펴보고 말이야."

조응과 전관충은 굳은 표정으로 고개를 숙여 보이고는 수하들과 함께 강가 쪽으로 달려갔다.

풍이한은 그들이 보이지 않을 즈음 사도무영 등을 바라보았다.

"자네들은 일단 나와 함께 가세. 적당한 곳에서 날개를 벌리도록 하지."

남은 사람은 풍이한과 장한 하나, 사도무영 일행뿐이었다.

사도무영 등은 아무런 말도 하지 않고 고삐에 매인 사람들처럼 풍이한의 뒤를 따라갔다.

'사리가 밝고 지시를 함에 있어서 망설임이 없어. 사제라는 사람들도 그의 의견을 존중하고. 그만큼 믿을 수 있는 사람이라는 소리겠지. 괜찮은 사람이군.'

3.

사도무영 일행은 남하가 저만치 보일 즈음 서쪽으로 방향을 틀었다.

그들이 맡은 지역은 그곳에서 서쪽으로 십 리 안쪽이었다.

열여섯 명이 그 지역을 모두 수색한다는 것은 쉬운 일이 아니었다. 하지만 팽기완이 살아있다면, 그가 먼저 자신들을 알아볼지 모르는 만큼 생각보다 어려운 일만은 아니었다.

죽어서 어딘가에 처박혀 있다면 그만큼 찾기가 힘들어지겠지만.

"만약 뭔가를 발견하면 소리를 치게."

풍이한이 사도무영 등에게 당부하고 장한 하나와 함께 거리를 벌렸다.

사도무영은 장막심, 양류한과 이십여 장의 거리를 두고 앞으로 나아갔다.

핏자국이든 싸운 흔적이든, 어두워지기 전에 추적의 실마리를 찾아야 했다.

한데 그들이 오 리쯤 전진했을 때 강가 쪽에서 외치는 소리가 들렸다.

"풍 사형! 이리 와보십시오!"

뭔가를 발견한 듯 다급한 목소리.

사도무영 일행도 강가 쪽으로 달려갔다.

그들이 도착했을 때는 삼조의 조원들이 모두 강가에 모인 상태였다.

풍이한은 키보다 큰 바위를 쳐다보고 있었는데 표정이 심각하게 굳어 있었다.

사도무영은 사람들의 어깨너머로 바위를 살펴보았다.

바위에는 핏자국이 선명했다. 말라붙은 걸로 봐서 시간이 제법 흐른 듯했는데, 핏자국이 강 쪽으로 이어져 있었다.

아마도 그 흔적 때문에 풍이한의 표정이 굳어진 듯했다.

강 쪽으로 갈만한 이유는 두 가지 뿐이었다. 강을 이용해 자신의 흔적을 지우려 했든가, 아니면 건너려 했든가.

문제는 강을 따라 내려가며 흔적을 지우려 해도, 확 트인 곳이어서 자신의 모습만 드러내는 꼴이 된다는 것이었다.

"적이 쫓아오니까 강을 건넌 것 같네."

풍이한의 말에 사람들도 얼굴이 굳어졌다.

우려했던 일이 실제로 다가온 것이다.

"풍 사형, 팽 대협이 남긴 것이 확실할까요?"

조웅이 물었다.

풍이한도 그에 대해선 확신하지 못했다. 그러나 그것이 팽기완이 남겼든, 다른 사람이 남겼든 상관없었다.

흔적이 강 건너로 이어져 있다면 어차피 그들도 강을 건널 수밖에 없는 것이다. 핏자국의 주인을 확인하기 위해서라도.

"신호를 보내고 강을 건넌다. 지금이라도 빠질 사람은 빠져라."

풍이한이 삼조를 둘러보며 말했다.

서너 명이 망설였다. 하지만 숨을 서너 번 쉴 시간이 흐르도록 뒤로 빠지는 사람은 나오지 않았다.

풍이한은 다시 한 번 사람들을 둘러보고는, 품속에서 기다란 막대를 하나 꺼냈다.

조장에게만 지급된 신호용 폭죽이었다.

"장호."

풍이한이 이름 하나를 부르자, 무당의 속가제자 중 가장 나이가 어린 청년이 대답했다.

"예, 풍 사숙."

"이걸 저기 언덕 위에 올라가서 쏘아 올려라. 그리고 사람들이 오거든, 우리가 먼저 강을 건넜다고 전해라."

"저는 사숙을 따라가겠습니다. 그 일은 다른 분에게……."

"네 임무도 강을 건너는 사람 못지않게 중요하다. 명대로 해."

"알겠습니다."

장호라는 청년은 폭죽을 받아들고 언덕 위를 향해 달려갔다.

풍이한은 장호가 백여 장 멀어질 때까지 바라보고는, 고개를 돌리고 말했다.

"모두 조심하게."

조응과 전관충을 비롯해서 무당파의 속가제자들은 이를 지그시 악물고 고개를 끄덕였다.

살아서 다시 만날 수 있기를.

입 밖으로 내뱉진 않았지만, 모두가 그런 마음이었다.

그때 사도무영이 풍이한에게 물었다.

"건너편의 지리를 잘 아십니까?"

"글쎄. 두어 번 지나가 보긴 했지만, 그냥 스쳐지나가서 잘 안다고는 할 수 없네."

"그럼 여기서부턴 우리가 앞장서지요."

풍이한이 의외라는 표정으로 쳐다보았다.

"그대들이?"

"저 건너편은 저희가 살던 곳과 가깝습니다. 세세한 지역까지 알진 못해도, 눈에 익은 곳은 아무래도 저희가 많을 것 같군요."

"그래? 그거 잘 됐군."

풍이한이 순순히 응하자 조응과 전관충이 머뭇거렸다.

"저, 풍 사형……."

"괜찮겠습니까?"

풍이한은 두 사람을 깊은 눈으로 쳐다보았다.

"어차피 생사고락을 함께해야 할 사이다. 서로를 믿고 움직이면 그만큼 위험도 덜어질 것이니 사심을 버리고 대하도록 해라."

조응과 전관충은 머쓱한 표정으로 고개를 끄덕였다.

"알겠습니다, 사형."

"부탁하겠네."

사도무영은 담담히 웃어 보이고 몸을 돌렸다. 그리고 장막심, 양류한과 함께 강을 건넜다.

사도무영은 물위를 미끄러지듯 걸어서. 장막심과 양류한은 십 장 떨어진 곳에 솟아 있는 바위까지 날아간 뒤 한 번 더 도약해서.

무당파 제자들은 그들이 다 건널 때까지 움직일 생각을 하지 않았다.

'저, 저 친구들, 대체 뭐야?'

'맙소사! 송영이 이상하게 웃으며 걱정 말라더니……'

풍이한은 쓴웃음이 나왔다.

이곳에 있는 무당파 제자 중 십 장 떨어진 바위까지 한 번에 날아갈 수 있는 사람은 자신뿐이다. 그나마도 바로 도약할 수 있을지는 장담할 수가 없다.

한데 장막심과 양류한은 너무나 자연스럽게 도약해서 강을 건넌 것이다. 사도무영이야 아예 흉내도 낼 수 없는 방법으로 건넜고.

'좌우간 강해서 나쁠 것은 없겠지.'

그는 마음을 다잡고 사제와 사질들을 재촉했다.

"우리도 건너가세."

"예? 예, 사형."

"그래야죠……. 후우."

강을 건넌 삼조는 핏자국을 찾아 움직였다.

더 이상 사도무영 일행에 대해 왈가왈부하는 사람은 없었다. 강한 사람이 옆에 있다는 것은 그만큼 자신들이 안전해진다는 말. 불평불만이 있을 수 없었다.

"저쪽으로 갔군요."

사도무영이 핏자국을 발견하고 방향을 유추했다. 아무도 토를 달지 않았다.

사도무영은 핏자국과 옅은 발자국, 나무와 풀이 부러지거나 눕혀진 것을 살피며 빠르게 나아갔다. 벽검산장의 무사들을 추적할 당시 다모랑과 교상의 추적방법을 눈여겨봤었는데, 그때 알아냈던 게 많은 도움이 되었다.

태양이 점점 서쪽으로 기울며 햇살이 황금빛을 띠는 시각이다. 이제 한 시진이면 어둠이 깔리기 시작할 터, 그 안에 뭐든 결정적인 단서를 찾아야 했다.

그렇게 십 리 가량 나아갔을 때였다. 나무그루터기 밑에 무더기로 쌓인 피가 보였다.

토한 것인지, 아니면 더 큰 부상을 입는 바람에 상처에서 쏟아진 핏물인지는 확실치 않았다. 다만 주위의 상황으로 봐서 싸움이 벌어진 것만큼은 분명했다.

그때 허리가 잘라진 나무 밑을 살피던 풍이한이 눈을 빛내며 뭔가를 주워들었다.

"이걸 보시게."

그의 손에 들린 것은 작은 수실이었다.

"이건 오호단 문도의 도병에 달린 수실이네. 아무래도 그 핏물의 주인이 팽 대협인 게 확실한 것 같군."

사도무영은 수실을 만지작거리며 차가운 눈빛을 흘렸다.

그가 서 있는 곳에서 운양장까지는 사오십 리 정도밖에 안 되었다. 그렇다면 구천신교 무리들이 운양장 주위에도 출몰하고 있다고 봐야 했다.

'더구나 나와 연관된 곳이니 더 신경을 쓰겠지.'

그때 남서쪽을 살피던 양류한이 돌아와서 말했다.

"사도 형, 놈들의 흔적이 저쪽으로 이어져 있소."

양류한이 가르킨 방향을 바라보던 사도무영이 눈살을 찌푸렸다.

'설마……?'

자신이 방향을 잘못 계산하지 않았다면 운양장이 있는 쪽이었다.

'두고 보면 알겠지.'

사도무영은 풍이한을 바라보았다.

"어떻게 하시겠습니까?"

팽기완의 시신이 없는 걸로 봐서 생포되었을 가능성이 컸다.

계속 쫓을 건지, 아니면 기다렸다가 뒤따라오는 사람들과 합세해서 움직일 것인지를 묻는 거였다.

풍이한은 현실과 욕심을 구분할 줄 아는 사람이었다.

"이곳에서 사람들을 기다렸다 움직이세. 표시를 해놨으니 곧 우리를 찾아올 거네."

"좋습니다. 그럼 풍 대협은 여기서 기다리십시오. 저희는 사람들이 올 동안 저들의 위치를 알아보도록 하지요."
"위험하지 않겠나?"
"걱정하지 않으셔도 됩니다. 무리할 생각은 없으니까요."
"음, 그럼 조심하게."
"형님, 양 형, 갑시다."
사도무영은 장막심과 양류한을 대동하고 흔적을 쫓아갔다.
핏자국과 사람들이 이동한 흔적은 남서쪽으로 계속 이어져 있었다.
"가만, 이리 가면 혹시 운양장이 나오는 거 아냐?"
장막심이 뒤늦게 방향이 뜻하는 바를 짐작하고 눈을 크게 떴다.
사도무영이 남서쪽을 보며 나직이 대답했다.
"아무래도 그럴 것 같습니다."
"혹시 놈들이 운양장에……?"
"가보면 알겠죠."

4.

이십 리를 가자 모든 것이 확연해졌다.
저 멀리 십여 리 떨어진 곳에 장원이 하나 보이는데, 다름 아닌 운양장이었다. 그리고 흔적은 그곳으로 이어져 있었다.

"저 빌어먹을 놈들이!"

장막심이 발끈해서 당장 달려갈 것처럼 화를 냈다.

하지만 사도무영은 서두를 생각이 없었다.

"놈들이 얼마나 되는지 살펴보지요. 너무 가까이 접근하지는 말고 대충 숫자만 알아보십시오."

"그냥 놔둘 건가?"

자신들만으로도 운양장을 청소하는 건 어렵지 않았다. 그러나 그것은 옳은 선택이 아니었다. 자신들이 떠나면 또다시 구천신교 놈들이 몰려들 테니까.

"무당파와 정천맹 무사들을 이곳으로 끌어들일 생각입니다. 당분간 그들에게 이곳을 맡기지요."

집세도 넉넉히 받고.

수색조가 하나둘 삼조를 찾아오기 시작한 것은 석양이 지기 직전이었다.

"풍 사제, 어떻게 된 건가?"

제일 먼저 도착한 무당 속가제자 일조 조장 석도청이 물었다. 그는 풍이한보다 세 살이 많았는데, 강호에서 칠성검(七星劍)이라 불리는 절정검수였다.

풍이한은 지금까지의 과정을 간략하게 이야기해주었다.

"……그런데 결국 여기서 적에게 생포된 거 같습니다."

"저들의 위치는?"

"지금 저희 조원 셋이 흔적을 쫓고 있습니다."
"그래? 본파의 제자들인가?"
풍이한은 그들에 대한 것을 간단하게 설명했다.
"송영이 맡긴 사람들입니다."
"아, 그 젊은 사람 셋 말이지?"
"예, 사형."
이야기를 나누는 사이 속가제자 이조와 무당파 본산 제자조, 정천맹 무사조가 도착했다.
그리고 흔적을 쫓아 움직일 것인지 의논하는데 사도무영 일행이 돌아왔다.
사도무영은 다른 사람은 일체 배제하고 풍이한에게만 보고했다.
"풍 대협, 이십여 리 떨어진 곳에 놈들이 있습니다."
한쪽에 서 있던 정천맹 무사조의 중년인이 물었다.
"확실한가?"
장막심이 심드렁한 표정으로 중얼거렸다.
"못 믿겠으면 그냥 여기 있던가."
사도무영의 말에 토를 달았던 정천맹 무사가 장막심을 노려보았다. 장막심은 꿈쩍도 하지 않았다.
풍이한이 급히 나서서 두 사람 사이로 끼어들었다.
"배 형이 자네들을 못 믿어서 그런 게 아니네. 상황이 상황인 만큼 자네들이 이해하게나."

정천맹 무사조의 조장인 배현국은 눈살을 찌푸리고 풍이한을 바라보았다.

자신이 아니라, 상대에게 이해하라고 하다니.

'자신의 수하라고 감싸는 건가? 풍이한도 소문만 못하군.'

하지만 차마 풍이한에게 불만을 표하지는 못했다. 자신들은 일개 조. 나머지는 모두 무당파의 제자들이었다.

사도무영은 그들의 신경전에 조금도 신경 쓰지 않고 풍이한에게 말했다.

"제가 살던 곳이 멀지 않다고 한 말, 기억나십니까?"

풍이한의 눈이 커졌다.

"설마 그곳이……?"

사도무영은 천천히 고개를 끄덕였다.

"그렇습니다. 어떻게 하시겠습니까?"

풍이한은 석도청을 바라보며 대답을 미루었다. 무당파 본산 제자들이 있지만, 현재 이곳에서 제일 어른은 석도청이었다.

석도청은 결정을 내리기 전 사도무영에게 질문을 던졌다.

"자네가 살던 곳이라면 구조를 잘 알겠군."

"물론이지요."

"흠, 그렇다면 다행이군. 안에 있는 적의 숫자가 얼마나 될 거 같던가?"

"칠팔십 명은 될 것 같았습니다."

알아온 정보가 정확하다면 숫자는 자신들과 비슷했다. 그러나 모험을 하기에는 부담이 가는 숫자이기도 했다. 적은 구천신교. 자신들보다 약한 자들이 아닌 것이다.

그렇다고 마냥 기다릴 수만은 없는 일.

"좋아, 공격여부를 떠나서 일단 그곳으로 가보세. 그리고 악 사제, 자네는 발 빠른 사람을 석화로 보내서 이곳의 상황을 알려주게나."

"예, 사형."

속가제자 이조의 조장인 악주경은 자신의 조원 중 두 사람을 추려 석화로 보냈다.

그들이 떠나가자 석도청이 무거운 표정으로 출발을 알렸다.

"가세."

반시진 후.

수색조원들은 숲속에 몸을 숨기고 운양장을 주시했다.

거리는 백여 장 정도. 그러나 밝은 달빛과 듬성듬성 타오르는 화톳불 덕에 장원의 모습을 살펴보는 것은 그리 어렵지 않았다.

이미 오면서 기본적인 계획은 세우고 온 터. 다섯 조는 각자 방위를 택하고 오십 장의 거리를 둔 채 잠복했다.

"꽤나 시끄럽군."

풍이한이 중얼거렸다. 그런 말을 할만도 했다. 거리가 상당한데도 운양장에서 흘러나오는 소리가 들렸다.

남자들의 목소리만 들리는 게 아니었다. 간간이 여자들의 깔깔거리는 웃음소리도 들렸다.
　'단순한 여자의 웃음소리가 아니다. 힘이 실린 웃음소리. 혹시 환희종파에서 나온 여인들이……?'
　자신들이 살펴볼 때만 해도 없었다. 돌아선 직후에 왔다는 말.
　사도무영은 운양장을 바라보며 눈을 가늘게 좁혔다.
　문득 한 여인의 얼굴이 떠올랐다. 아름다운 눈으로 자신을 쳐다보며, 당신은 다른 사람과 많이 달라 보인다고 했던 여인이.
　'여화란, 그녀도 강호에 나왔을까?'
　그럴 가능성이 컸다. 그녀는 엄연히 십육위장에 들었던 여자가 아닌가.
　그가 운양장을 바라보며 여화란을 떠올리는데, 풍이한이 옆으로 다가오며 물었다.
　"만약 우리들만으로 저들을 친다면 승산이 있을 거라고 보는가?"
　승산?
　당연히 있다. 자신이 있으니까.
　하지만 사도무영은 그렇게 대답하지 않았다.
　"없지는 않을 겁니다. 그러나 후속대가 온 후에 치는 것보다 완벽하지는 않겠지요."

빠르게 연락이 된다면, 동이 트기 전에 석화에 있는 무사들이 도착할 것이다. 굳이 피해를 감수하고 저들을 칠 이유가 없었다.

그리고 더 중요한 문제는, 지금 이겨봐야 팽기완을 데리고 돌아갈 게 분명하다는 점이었다.

그가 원하는 것은 본진이 와서 둥지를 트는 것이거늘.

'무당파와 정천맹이 이곳에 둥지를 틀어야 해. 그래야 구천신교 놈들이 들락날락 못하지.'

그가 나름 계산을 하며 대답하는데 장막심이 불쑥 말했다.

"아우, 나와 양가가 가서 다시 한 번 살펴볼까?"

본진이 올 때까지 기다리려니 따분한가 보다.

사도무영은 그럴 필요 없다고 하려 했다.

그런데 묘한 느낌이 그의 입을 막았다.

장원에서 들리는 여자들의 웃음소리. 만약 저 여자들이 정말 환희종파의 여인들이라면 여화란에 대한 걸 알지도 몰랐다.

'제길, 내가 왜 그 여자를 궁금해 하지? 화설 누이가 알면 화낼지 모르는데······.'

그래도 그녀가 강호로 나왔는지, 그것만 알아보는 정도는 괜찮을 것 같다.

'진짜 그것만 알아보면 되잖아?'

사도무영이 망설이자 장막심이 넌지시 말했다.

"아우가 하지 마라면 관두고."

"아닙니다. 저와 함께 가보지요."

"그래?"

장막심이 반색하며 몸을 일으켰다. 양류한도 따분한데 잘 되었다는 듯 장막심을 따라서 일어섰다.

그러자 풍이한이 급히 입을 열었다.

"정말 가볼 생각인가?"

사도무영이 운양장을 바라보며 짐짓 신중한 태도로 말했다.

"본진이 오기 전에 적의 상황을 더 자세히 알아보는 것도 좋을 것 같군요. 팽 대협이 어떻게 되었는지도 알아보고 말입니다."

"그럴 수만 있다면 좋겠지. 한데 위험하지 않겠나?"

"너무 걱정하지 않으셔도 됩니다."

"으음, 자네들을 믿긴 하네만……. 좌우간 조심해서 갔다 오게."

사도무영은 담담히 웃었다.

'우리가 아니라 저들을 걱정해 주쇼.'

정말 발각 당하기라도 하면 어쩔 수 없었다. 자신을 드러내더라도 쓸어버리는 수밖에.

사도무영을 비롯한 세 사람은 어둠을 이용해 운양장으로 접근했다. 어찌나 은밀하게 움직였는지 다른 조의 조원들은 그들이 장원으로 접근하는 것을 알지도 못했다.

순식간에 운양장의 뒤쪽 담장에 도착한 사도무영과 장막심, 양류한은 유령처럼 담장을 넘었다.

경비무사가 간간이 있었지만, 그들은 외부침입자를 신경 쓰는 것보다 잡담에 더 몰두했다.

사도무영은 장막심과 양류한에게 전음을 보냈다.

『장 형님은 오른쪽으로 가시고, 양 형은 왼쪽으로 가시오. 너무 접근하지 말고, 적의 숫자와 능력만 파악한 후 바로 물러나십시오.』

장막심과 양류한은 고개를 끄덕이고 좌우로 갈라졌다.

사도무영은 두 사람이 어둠속으로 사라지자, 신형을 날려 단숨에 십육칠 장을 야조처럼 날아갔다.

자신이 기거하던 건물 지붕 위에 깃털처럼 사뿐히 내려선 사도무영은, 지붕의 구석진 곳에 몸을 숨기고 회천선기를 개방했다.

강하게 느껴지는 기운은 모두 다섯 줄기. 수색조 조장들보다 강한 기운이었다. 그리고 그 중에는 구대종파의 장로급 이상 되는 기운도 하나 있었다.

사도무영은 그 기운들의 정체를 하나하나 파헤쳐 보았다.

그러던 어느 순간, 가장 강한 기운을 살펴보던 사도무영이 눈을 번쩍 떴다.

'설마……?'

그는 자신이 느낀 것을 확인하기 위해서 청력을 돋우고, 자신이 내려선 건물에 집중했다.

자신의 방 안에서 나직한 한숨소리가 들렸다.

"하아……."

여인의 한숨소리였다.

기이할 정도로 마음을 움직이는 한숨소리.

사도무영은 그 소리만 듣고도 한숨을 내쉬는 사람의 정체를 알 수 있었다.

빌어먹을!

그때 여인의 목소리가 귓전으로 스며들었다.

작게 중얼거리는 소리여서 바로 문 밖에 있는 사람도 들을 수 없을 정도였다. 하지만 청력을 극대화한 사도무영의 귀에는 천둥처럼 들렸다.

"대공자에게 어렵게 물어봐서 겨우 찾아오긴 했는데……. 정말 그 사람은 죽은 걸까?"

'후우…….'

여화란, 그녀의 목소리가 확실하다.

세상에 수많은 여인이 있지만, 한숨 하나로 사람의 마음을 움직일 수 있는 여인은 그리 많지 않다.

더구나 자신도 모르게 끌려들어갈 정도로 기이한 힘이 느껴지는 목소리를 내는 여인은 더욱 적다.

'대공자라면 북궁조를 말하는 것이겠군.'

그리고 나중에 말한 사람은 바로 자신인 게 분명했다.

'역시 동방경과 북궁조가 연결되어 있는 게 분명해.'

그렇지 않다면 자신의 죽음에 대해서 북궁조가 알 리가 없었다.

그러고도 버젓이 정천맹에 있다니.

'조금만 기다려라, 동방경! 참담한 꼴로 만들어주마!'

사도무영이 동방경과 북궁조에 대해서 이를 갈고 있는데 여화란이 또 말했다.

"그 사람에게 내 처녀를 주고 싶었는데……, 내 몸을 모두 보여주고 싶었는데, 바보같이 그냥 떠나버리다니. 그 사람은 내 가슴이 얼마나 예쁜지 모를 거야……."

'헉! 쿨럭!'

어찌나 놀랐는지 사도무영은 자신도 모르게 손에 힘을 주었다.

쩍.

손바닥 아래에 있던 기와 하나가 그물처럼 갈라졌다.

소리는 크지 않았다. 쥐새끼가 달려가도 그 정도 소리는 날 것이었다.

문제는 여화란이 쥐새끼 달려가는 소리와 기왓장 깨지는 소리를 구분할 수 있는 고수라는 점이었다.

방 안에서 여화란의 기운이 안개처럼 확 퍼졌다. 그리고 곧 여화란이 위를 올려다보며 코웃음 쳤다.

"흥! 누가 쥐새끼처럼……."

진기로 소리를 차단하기에는 늦은 상황.

『잠깐! 소리 지르지 마시오!』

사도무영은 심령전음으로 급히 여화란의 입을 막았다.

여화란은 순순히 말을 멈추었다. 그리고 전신에서 흘리던 기운도 거두어 들였다.

비록 외마디 비명처럼 들린 전음이었지만, 그녀가 어찌 그 목소리를 잊을까!

『다, 당신이에요? 당신이죠? 그렇죠?』

그녀는 마치 떠나간 낭군을 부르듯이 가늘게 떨리는 전음으로 물었다.

그때 그녀의 코웃음 치는 소리를 들은 경비무사들이 달려왔다.

"대주님, 무슨 일이라도 있으십니까?"

"아니야. 잠깐 화가 나서 나도 모르게 소리를 지른 거야. 가서 일들 봐."

경비무사들은 서로 눈짓하며 그녀의 방 앞에서 쉽게 떠나지 않았다.

의심이 들어서가 아니었다. 잘하면 여화란의 맨 얼굴을 볼 수 있을지 몰랐다. 면사로 가려지지 않은 그녀의 얼굴을 볼 수만 있다면, 욕을 몇 번 얻어먹어도 기분 좋게 참을 수 있었다.

"정말 괜찮겠습니까?"

"괜찮다니까. 지금 내 말을 거역하겠다는 거냐?"

냉기 풀풀 날리는 여화란의 목소리에 경비무사들은 흠칫했다.

"아, 아닙니다, 대주."

"그럼 가봐라. 요즘 살기를 참을 수 없어서 가끔 이러니까. 이럴 때 사람이 앞에 있으면 자꾸 죽이고 싶은 마음만 드니, 그대들도 목이 잘리기 전에 멀찌감치 떨어져 있어라."

경비무사들은 그 말에 안색이 새파랗게 변했다.

자칫하면 욕을 얻어먹는 것으로 끝나는 게 아니라 죽을지 몰랐다.

"아, 알겠습니다, 대주. 그럼 편히 쉬십시오."

사도무영은 경비무사들이 떠나는 걸 보며 속으로 한숨을 푹푹 쉬었다.

'후우, 그걸 못 참다니……'

한숨을 쉬는 그를 여화란이 끌어내렸다.

『뭐해요? 내려와요.』

『후우, 알았소.』

이제 하는 수 없었다. 만나보는 수밖에.

설마 만나는 것 정도 가지고 무슨 일이야 있으려고?

하지만 그는 곧 자신이 여화란을 얼마나 과소평가했는지 절실하게 깨달았다.

그녀의 두 눈은 얼굴이 면사로 가려진 상태에서도 사도무영의 마음을 흔들지 않았던가.

한데 지금은 면사를 벗은 상태였다.

면사가 없는 그녀의 얼굴은 사도무영이 지금까지 본 그 어떤 여인보다 아름다웠다. 얼굴이라면 조화설보다 낫다는 사도교교도 여화란과는 비교할 수 없을 정도였다.

한데 그런 여화란의 눈에 눈물이 글썽이고 있으니 그야말로 치명적인 유혹이었다.

"역시 살아 있었군요. 정말 죽은 줄 알았어요."

"그게 말이오……."

"저는 믿지 않았어요. 대공자가 거짓말을 한 것이라고 생각했어요."

거짓말을 한 것은 아니다. 다시 살아나서 그렇지.

"그게…… 사정이 좀 복잡하오."

"어쨌든 살아서 제 앞에 있잖아요. 아참, 여기가 당신 방이었다면서요?"

여화란이 눈물을 소매로 찍으며 밝게 웃었다.

사도무영은 급히 회천선기를 끌어올려서 겨우 마음을 진정시켰다.

면사를 쓰지 않은 그녀의 얼굴은 결코 사람의 얼굴이 아니었다. 미사여구로 아무리 표현해 봐야 그녀의 얼굴을 반도 표현하지 못할 듯했다.

아마 그녀가 선한 마음을 먹는다면 천상의 선녀가 될 것이고, 악한 마음을 먹는다면 천하제일의 마녀가 될지 몰랐다.

오죽했으면 그녀가 면사를 쓰고 살아온 게 다행이라는 생각이 들었을까.

사도무영은 도저히 이대로는 안 되겠다는 생각에 화제를 돌렸다.

"그런데 신지에서는 언제 나온 것이오?"

"두 달 되었어요. 당신이 죽었다는 소문을 듣고 참을 수 없어서 나왔어요."

"고생이 많았겠군요."

"조금. 하지만 당신을 만났으니 이제 다 괜찮아요. 제가 신지에서 나올 때, 당신을 만나면 제일 먼저 뭘 하려고 했는지 아세요?"

'안 돼! 그 말은 하지 마!'

사도무영이 속으로 외쳤다.

'처녀를……. 가슴이…….' 그 이야기를 하려는 것 아냐?

하지만 그의 우려(?)와 달리 그녀는 그 말을 하지 않았다.

대신 자리에서 일어났다. 그리고 그의 곁으로 다가왔다.

은은하게 풍기는 향기가 콧속으로 스며들자, 갑자기 심장이 쿵쿵거리며 뛰었다.

사도무영은 회천선기로 급히 진정시켜봤지만, 마음과 달리 쉽게 진정되지 않았다.

그 사이 여화란이 기이한 눈빛을 발하며 코앞까지 다가왔다.

점점 더 짙어지는 향기. 더욱 빨라지는 심장의 고동.

그때 석자 앞까지 다가온 그녀가 말했다.

"눈을 감아 봐요."

고막을 울리는 악마의 유혹.

사도무영은 자신도 모르게 눈을 반쯤 감았다.

순간, 그윽한 향기가 확 밀려드는가 싶더니, 여화란의 동체가 품안으로 스며들었다.

눈을 홉뜬 사도무영은 여화란을 밀어내려 했다. 하지만 그녀의 눈물을 보면서부터 마음이 흐트러진 그는 차마 그녀를 매몰차게 떨치지 못했다.

여화란은 그 찰나의 망설임을 파고들었다.

일순간 부드러운 숨결이 입술을 타고 전해지자, 사도무영은 뻗은 손이 굳어버렸다.

〈9권에서 계속〉

Dark Blaze

다크 블레이즈

김현우 판타지 장편소설

FANTASYSTORY & ADVENTURE

『레드 데스티니』, 『골든 메이지』의 작가!
김현우 판타지 장편소설

십 년 전쟁의 승리에 파묻힌 충격적 비화.
제국이 아버지의 죽음을 감췄다!

알파드 공의 죽음과 엘리멘탈 프로젝트의 실체.
뒤틀린 진실을 알기 위해 아르미드 남매가 복수의 칼을 들었다!

dream books
드림북스

문우영 신무협 장편소설
ORIENTAL FANTASYSTORY & ADVENTURE

화천무적

『악공전기』의 감동적인 선율로 출사표를 던진
작가 문우영의 신무협 장편소설.

부드러운 붓끝에서 시공을 초월하는
놀라운 세계가 펼쳐진다!

일획지법(一劃之法) 만시만종(萬始萬終)!
단 한 번의 휘두름에 만물의 법을 담는다!

dream books
드림북스

가나 신무협 장편소설

飛魔琴
천마금

예측불허의 상상력 『야차왕』의 작가, 가나.
그가 선보이는 천하제패를 향한
영웅들의 거대한 한판승부!

소리로 세상을 보는 아이, 서문무휘.
파천의 음악으로 난세에 출사표를 던진다!

마도군림 삼십 년간의 평화는 폭풍전야에 불과했다.
지금 절대강자들이 난무하는 군웅할거의 시대가 시작된다!

dream books
드림북스